JN441610

남자를 싫어하는 미인 자매를
이름도 알리지 않고 구해주면
어떻게 될까?
Vol. 7
묭 Illust. 기우니우

신조 아리사
쌍둥이 언니.
주인공 하야토를 좋아해서
그에게 예속되는 것이 꿈.
"더 제대로 보여줄게."

"마음껏 봐줘.
하야토 군만의 거니까."
신조 아이나
쌍둥이 동생.
주인공 하야토를 좋아해서
그의 아이를 낳는 것이 꿈.

"키스……
키스으!"
신조 사키나
아리사와 아이나의 엄마.
은인인 하야토를
온 마음으로 사랑하고 있다.

남자를 싫어하는 미인 자매를
이름도 알리지 않고 구해주면
어떻게 될까?
Vol. 7
몽
Illust.
기우니우

커버 그림, 본문 일러스트 | **기우니우**

contents

story by Myon / illustration by Giuniu

designed by AFTERGLOW

프롤로그

otokogirai na bijin shimai wo namae mo tsugezuni tasuketara ittaidounaru

"아~."

나 혼자뿐인 방에서 멍한 얼굴로 그런 의미 없는 목소리를 냈다.

"아~."

아무 의미도 없는 행동이지만, 혼자 있으면 나도 모르게 이런 소리가 자꾸 나온다.

누가 봐도 고개를 갸우뚱할 법한 모습이지만, 요 며칠 동안의 나는 계속 이런 상태였다. 특히 밤이 되어 침대 위에 누워 잠들기 기다리는 시간이 되면 더 심해진다.

"아~, 아~."

위험해…… 이대로면 진짜로 위험하다.

아직 여름 방학은 끝나지 않았으니 당장 걱정할 필요는 없겠지만, 만약 2학기가 시작된 뒤에도 이 상태라면 정말 곤란했다.

"후우."

하지만 의외로 금방 제정신으로 돌아오는 것도 평소와 같았다.

침대에서 일어나 유리창으로 눈을 돌리자, 표정을 제어하지 못해 자꾸만 풀어지는 내 얼굴이 비쳤다.

"진짜로 안 된다고……. 제발 이러지 말자."

이렇게 말하면서도 유리창에 비친 나는 날아갈 듯 좋아 보였다.

그래, 그 말대로—— 요즘의 나는 기분이 엄청나게 좋은 것을 넘어서서 아예 둥둥 떠다닌다고 해야 할 정도였다.

히죽거리는 미소가 나왔지만, 다행히도 이곳에는 나밖에 없다.

있다고 해 봐야 책상 위에 놓인 호박 가면 '잭' 정도인데, 저 녀석은 애초에 나보다 더 히죽히죽 웃고 있다.

"나…… 죽는 건가?"

아니, 여기서 죽을 수는 없어!

속으로 태클을 선반 위에 놓인 한 장의 사진으로 시선을 옮겼다.

나를 중심으로 양옆에 아리사와 아이나가 서 있고, 아이나의 옆에서는 사키나 씨가 미소 짓고 있다. 이 한 장의 사진만 봐도 얼마나 즐겁고 행복한 여행이었는지 알 수 있다.

사실, 이 여행의 기억 때문에 지금의 내가 정신을 못 차리는 거다.

"그야 해 버렸으니까."

아리사, 아이나와 하나가 됐다. 계속 일선을 넘지 않으려고 발버둥 쳤는데 말이지. 어느 순간 내 안에서 싹튼 마음의 변화를 두 사람에게 전했고, 이윽고 하나가 되고 말았다.

"……."

눈동자를 감고 다시 그때의 일을 회상했다.

나에게도, 그녀들에게도, 누군가와 하나가 된다는 행위는 처음이었기에 모든 것이 어설프고 서툴렀다.

『음…… 기분 좋아.』

『혼자 하는 거랑 전혀 달라…….』

비록 경험은 없으나 대충 이런 식이겠지 하고 진행했다.

아리사와 아이나의 반응을 살피며 신중하게 나아갔다. 그녀들은 내 행동을 거부하기는커녕 처음부터 끝까지 기쁘게 받아주었다.

물론 나도 그녀들에게 많은 것을 받았다.

우리 셋은 얼굴을 새빨갛게 물들이면서도, 서로에게 쾌감을 주며 몸을 맡겼다.

『앗……♪』

『가, 갈 것 같아……♪』

녹아내린 듯한 아리사와 아이나의 표정이 아직도 머릿속에 박혀 떠나질 않았다.

표정은 물론 귀엽고 야한 반응들. 어디를 만져도 부드러웠던 감촉. 그때 경험한 모든 걸 한순간도 잊을 수가 없다.

"아니 당연한 일이야. 누구라도 마찬가지일 거라고."

그래, 이건 어쩔 수 없는 일이다.

내가 그녀들과의 추억을 떠올리며 혼자 실실대도 보는 사람은 없으니 무죄란 말이다.

"너도 그렇게 생각하지? 굳이 감출 필요 없는 거야. 히죽거리는 널 제외하면 어차피 혼자인걸."

그렇게 말하며 잭의 머리를 가볍게 툭 건드렸다.

이 녀석은 우리의 인연을 이어준 계기다.

이제는 아리사와 아이나도 모자라 사키나 씨까지 잭에게 감사를 바치고 있다.

"나도 고마워, 잭── 그때 널 만난 덕에 나는 소중한 인연들을 얻을 수 있었어."

마지막으로 잭의 머리를 쓰다듬고 창문 너머 하늘을 올려다보았다.

잭의 얼굴을 바라보는 사이 평정심을 찾았으나, 어차피 또 금방 기억을 되새김질하며 흥분하겠지.

"음?"

그때 스마트폰에 착신 알림이 떴다.

두 사람의 연락일까?

재빨리 화면을 확인하자, 아리사의 전화였다.

"여보세요, 아리사?"

『안녕, 하야토 군.』

전화 너머로 들리는 아리사의 목소리에 나도 모르게 입꼬리가 올라갔다. 그녀의 목소리에 몸이 달아오르며 이내 얼굴이 뜨거워진다.

"무, 무슨 일이야……?"

『음~? 목소리가 좀 이상한데? 혹시 어디 아파?』

"아, 아니, 그런 건 아니고…… 그……."

감정의 고조인가 동요인가. 누가 들어도 알 수 있을 만큼 목소리가 떨렸다.

전화 건너편에서 아리사가 무슨 일인가 싶어 고개를 갸우뚱하는 모습이 쉽게 상상이 갔다.

어차피 추억을 공유한 그녀에게는 딱히 숨길 필요 없으므로 순순히 자백했다.

“실은, 그때 일이 자꾸 떠올라서 마음이 도통 가라앉지를 않아…….”

『아하~.』

에두른 표현이었지만 아리사는 이해한 모양이었다.

이제는 두 사람과 있어도 어색함이 없을 만큼 친해졌건만, 오랜만에 어색한 공백이 생겨났다.

아리사가 키득키득 웃었다.

『후훗♪ 벌써 며칠이나 지났는데, 하야토 군은 아직도 떠오르나 보네? ……실은 나와 아이나도 그래.』

“…….”

『오히려 잊을 수가 없지……. 우리도 하야토 군처럼 계속 들떠 있어.』

아리사의 말을 듣고 나니, 확실히 목소리가 그렇게 느껴졌다.

“그럼 우리 모두 같은 생각을 하고 있는 건가.”

『그렇게 되네. 우리가 너무 음란한 걸까?』

“아니…… 이건 어쩔 수 없는 거 아닐까? 오래 참았던 일이잖아. 그만큼 굉장했고.”

『응 굉장했지. 나도 아이나도, 하야토 군도 처음 같지 않게 격렬했는걸……. 우리는 하야토의 남자다움에 완전히 함락당했어.』

아리사의 목소리에서 서서히 색기가 올라오는 게 느껴졌다.

사실 함락이란 표현도 새삼스럽다. 애초에 우리는 진작에 서로에게 빠져 있었으니까. 나는 두 사람의 사랑을 전력으로 받아들이기로 결심했을 정도였다.

이런 걸 생각하면, 처음 막 사귈 때와 비교해서 참 멀리 왔구나 싶다.

"내가 마음을 전하고 사귀기 전에도 두 사람은 적극적이었잖아. 솔직히 나는 그때도 버틸 수 있을지 걱정이었어."

『사실 그게 우리가 바라는 점이기는 했어. 그때나 지금이나 하야토 군이라면 무얼 해도 좋다고 생각하니까. 그게 우리의 기쁨인걸.』

"……그렇게 들으니 용케도 지금까지 버텼구나 싶네."

『하야토 군의 인내심은 정말 강철 같았어.』

당시의 난 정말 강철이 되겠다는 자세로 버텼다.

그때부터 지금까지를 쭉 돌아보고 한바탕 웃고 나자, 문득 궁금한 것이 떠올랐다.

"그런데 아이나는? 벌써 잠들었어?"

『그게…….』

"응?"

아리사가 말을 바로 잇지 못했다.

무슨 일이 있으면 나에게 진작 말했을 테니, 딱히 그런 이유는 아닌 것 같은데…….

『좀…… 민망해서 말하기 어려워.』

"……민망하다고?"

생뚱맞은 소리에 나는 고개를 갸우뚱했다.

그냥 뭐 하냐고 물었는데 민망할 일이 뭐가 있단 말인가.

『궁금해……?』

"뭐, 호기심은 있지?"

솔직하게 말하자 아리사가 후 하고 심호흡했다.

나로서는 긴급한 일만 아니라면 억지로 캐물을 마음은 없지만……. 아리사는 마음의 준비를 해서라도 말해 줄 모양이다.

『그…… 우리도 잊을 수가 없었다고 했잖아? 그래서 하야토 군이 떠오를 때마다 스스로 위로했는데…… 그래서 아이나는 지금 바빠. 무슨 말인지 알지?!』

"어…………."

귀가 찌잉 울릴 정도의 성량이었기에 무심코 스마트폰에서 귀를 뗐다,

안타깝게도(?) 그녀가 한 말의 뜻을 이해하지 못할 정도로 둔하지는 않다.

나와 한 일을 떠올리면서 몸을 위로한다는 건 즉 그런 의미…….

"……크흠."

『부, 부끄러워……. 우리 너무 야한 거 아닐까?』

"그건 새삼스러운 이야기 같은데……."

아리사와 아이나가 야한 건 하루 이틀 일이 아니다.

"아, 아무튼 알겠어. 그런 이유면, 그야 바쁘겠지……."

『으으, 민망해…….』

상당히 부끄러운지 침대에서 발을 동동 구르는 소리가 전화 너머로 들렸다. 하지만 얼굴에 열이 차오르는 건 그녀뿐만이 아니다.

"나도 좀 민망하네, 기쁘기도 하지만."

『……정말?』

"정말이야."

그야 그렇잖아?

사랑하는 여친들이 나를 생각하면서 자신을 위로한다니…… 그 대상이 되었다는 건 무척 자랑스럽고 기쁜 일이다. 붉게 익은 지금의 얼굴은 보여주지 않아서 다행이라고 생각하지만.

그런 생각을 했기 때문일까, 예상치 못한 질문이 날아왔다.

『그러면, 하야토 군은…… 어때?』

"나, 나?!"

너무 큰 소리가 나와버려, 집에 아무도 없는데 나도 모르게 주위를 살피고 말았다.

『푸흡! 뭘 그렇게 당황해. 하야토 군도 참.』

"으……."

더더욱 민망해졌다.

대답을 얼버무릴 수도 있지만, 그녀들에게는 민망한 말을 하게 해 놓고 나만 넘기는 건 좀 그렇지? 좋아! 나도 수치를 각오하겠어!

"나도 그…… 여러 번까지는 아니지만…… 마찬가지였어."

『아…… 그, 그렇구나…….』

으아아아아아아악!

죽을 만큼 부끄럽지만, 이런 대화를 주고 받을 수 있는 관계성이 은근히 기쁘다.

그야 당연하지. 이건 우리 관계가 한 단계 위로 나아갔다는 증거니까.

"후우, 좀 진정하자."

『그, 그래! 나도 심호흡할게.』

그렇게 서로 심호흡을 하고 마음을 진정시킬 수 있었다.

그러나 이 순간에도 아이나는 혼자서 야한 일을…….

한번 떠오른 이미지는 쉬이 지울 수가 없었다.

늘 히죽히죽 웃는 얼굴인 잭이 지금은 어이없다는 듯이 바라보는 것처럼 느껴졌다.

『그런데 하야토 군.』

"응?"

『내일 밤, 잊지 않았지?』

"그야 물론이지."

아리사가 말한 내일 밤이란 매년 있는 여름 축제를 말한다.

작년까지는 소타와 카이토와 함께 나가 군것질을 했었는데, 올해는 당연히 아리사와 아이나가 있으니, 셋이 여름 축제 데이트를 즐길 예정이다.

"사실 나 매년 꽤 기대하고 있거든. 소타네랑 나가서 포장마차에서 배불리 먹는 거."

『후훗, 그렇구나. 하지만 올해는 그 두 사람과 보낼 수 없게 되는데, 괜찮아?』

"괜찮다고 하면 조금 이상한데, 그래도 난 너희들과의 시간을 소중히 하고 싶어. 소타랑 카이토도 양보해 줬으니까, 괜찮아."

『그래? 그렇다면 다행이야.』

대신 양보의 대가로 질투 섞인 원망을 받긴 했지만…….

어차피 내가 없어도 그 둘은 여름 축제에 나올 거다. 어쩌면 우연히 마주칠지도 모른다.

그 후로 30분 정도 더 이야기를 하고 나서 통화를 마무리했다.

도중에는 이야기에 열중하느라 잠시 잊고 있었지만, 통화를 끊고 나니 다시 아이나의 생각이 났다.

"후우."

쓸데없는 한숨을 내쉬며 침대에 누워 불을 껐다.

아리사와 대화한 내용과 아이나의 모습을 상상하면서 잠을 청했다.

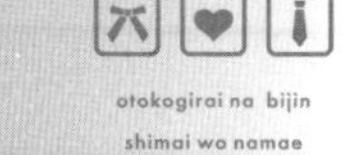

"와! 사람 정말 많다!"

"그러게. 어른 못지 않게 아이들도 많아."

옆을 걷는 아리사와 아이나가 북적이는 인파를 바라보며 중얼거렸다.

어젯밤에는 아리사와 대화하면서 이런저런 일이 있었지만, 무사히 고대하던 여름 축제 당일을 맞이했다.

나는 저녁에 신조네로 가서 유카타 차림을 한 그녀들과 합류했다. 역시 무엇을 입어도 잘 어울리고 야하다.

아무리 오래 같이 지내도, 이렇게 함께 나가서 같은 시간을 공유할 수 있다는 사실이 나를 행복하게 만든다.

"하야토 군, 멈춰 있는데?"

"어머, 뭔가 생각 중이었어?"

"아, 미안. 아무것도 아니야."

생각에 잠겨 있는 사이 나도 모르게 걸음이 멈춘 모양이었다.

걱정스러운 얼굴로 이쪽을 바라보는 두 사람에게 사과하고, 내 지정석이기도 한 두 사람 사이에 나란히 섰다.

우리 동네에서 열린 행사다 보니, 남의 눈을 생각해서 손을 잡거나 팔짱을 끼는 연인 같은 행동은 삼가고 있지만, 솔직히 두 사람을 만지고 싶은 욕구는 강했다. 나도 모르게 속으로 한숨을 내쉴 정도로. 중증이네, 나도.

“아~ 바다에 갔을 때랑 달리 하야토 군한테 달라붙을 수 없으니 답답해~! 몸을 잔뜩 문질러서 두근거리게 하고 싶은데!”

“그렇지…… 어쩌면 축제 도중에 빠져나와 그늘에 숨어야 할지도.”

“…….”

기쁘게도 만지고 싶다는 감정은 서로 똑같은 모양이다.

아이나, 아리사의 말에 야한 두근거림을 느끼며 걸음을 옮겼다.

나는 이쪽을 보고 있는 두 사람을 유심히 바라보았다.

두 사람에게 어울리는 사랑스러운 유카타 차림. 바다에 다녀온 여파로 피부가 살짝 그을렸다.

새하얀 피부도 물론 좋지만, 이건 이거대로 아주 좋다!

“……?”

그렇게 한동안 아리사와 아이나를 바라보던 나는 문득 고개를 갸우뚱했다.

어쩐지 오늘따라 두 사람이 평소 이상으로 주목을 받고 있다는 느낌이 들었기 때문이다.

학교에서도 미인 자매라 불릴 정도로 유명한 그녀들인 만큼 이렇게 주목을 받는 것은 하루이틀 일이 아니었지만, 뭔가 오늘은 유독 그것이 강하게 느껴졌다.

“뭔가…… 평소보다 시선이 많은데?”

“그러게…….”

그녀들도 느끼는 것 같았다.

구멍이 날 정도는 아니지만, 위화감을 느낄 정도로는 주목을 받고 있었다.

"……흥."

"아……."

"하야토 군……?"

모든 시선을 가릴 수는 없겠지만, 일부의 집요한 시선에서 가리듯이 두 사람 앞에 섰다.

"두 사람은 무슨 일이 있어도 내가 지킬게."

솔직히 스스로 좀 멋있다고 느껴질 정도로 좋은 대사였다.

이 아름다운 두 사람에게 시선이 가는 마음은 내가 제일 잘 이해하니, 시비만 걸지 않는다면 딱히 나서서 위협할 생각은 없다.

"……후훗."

"에헤헷♪"

등 뒤에서 들려오는 두 사람의 기쁜 웃음…… 좋아!

두 사람에게 조금이라도 멋있게 느껴졌다는 생각에 속으로 가볍게 주먹을 쥐었다. 나도 참 단순하다.

"멋있어, 하야토 군."

"너무 멋있어!"

"……고마워."

이어진 두 사람의 말에 나도 히죽거리는 미소가 자꾸만 새 나왔다.

아리사와 아이나도 더 짙게 미소 지었다. 굳이 더 놀리며 부끄럽게 하지 않고 다정한 눈빛으로 빤히 바라본다.

정신 차리자는 생각에 짝 하고 가볍게 뺨을 때린 뒤 발걸음을 재촉하려는데, 귀에 익은 목소리가 들렸다.

"어? 아리사, 아이나다!"

"진짜네! 둘 다 안녕!"

"와! 유카타 예쁘다!"

두 사람의 친구들이었다.

자주 마주치는 동급생이라 그런지 내가 아리사와 아이나 옆에 있어도 딱히 놀란 반응은 보이지 않았다.

오히려 가볍게 한 손을 들어 인사를 하길래 이쪽도 손을 흔들어 인사했다.

"너희도 왔구나."

"그야 당연히 축제니까 와야지!"

"아하하! 다들 즐겁게 놀아!"

"너희도!"

손으로 입가를 가리고 미소 짓는 아리사.

신나게 하이파이브를 나누는 아이나.

두 사람의 성격이 고스란히 드러나는 장면을 말없이 보고 있는데, 문득 친구 중 한 명이 이런 말을 꺼냈다.

"오늘 아리사랑 아이나…… 뭔가 분위기가 성숙해 보인다고 해야 하나? 엄청 섹시해 보이는데? 기분 탓인가?"

그 한마디에 다른 친구들도 고개를 끄덕였다.

"갑자기 무슨 소릴 하는 거야~."

"음~ 내가 좋은 여자이긴 하지♪"

어이없어하는 아리사와 썩 나쁘지 않은 얼굴의 아이나.

다만 나는 지금 그 말을 듣고 무언가 떠오른 것이 있었다. 바로 지금까지 유독 시선이 쏠리던 이유에 관한 것이었다.

'혹시 그건가……? 그걸 하면 예뻐진다느니 뭐니 하는 거?'

만화 같은 곳에서 여자들이 관계를 했을 때 피부가 매끄러워지는 묘사를 본 적이 있는데, 바로 그게 지금 같은 상황이 아닐까?

마치 한 꺼풀 벗겨진 것처럼 아리사와 아이나의 매력이 더 증폭되어 페로몬 같은 것이 쏟아져 나오는 중일지도 모른다.

"있을 법해……."

음?

그렇다는 건 다시 말해 이런 시선을 보내는 사람들은 아리사와 아이나에게 음흉한 마음을 품고 있다는 말 아닌가?

물론 전부 다 그렇다고는 할 수 없겠지만, 조금이라도 그런 시선이 있다면 내가 끝까지 지켜줘야지.

"……좋아!"

짜악! 하고 아까보다 더 세게 양 뺨을 때렸다.

다만 생각보다 소리가 크게 울린 데다 때마침 아리사와 아이나를 포함한 모두가 나를 보고 있었던 탓에 다들 놀란 얼굴로 눈을 동그랗게 뜨고 있었다.

"아…… 미안, 조금 신나서."

"신난다고 보통 뺨을 때리나?"

"푸흡!"

정곡을 찌르는 지적이 날아왔다. 그 말에 모두가 웃음을 터뜨리며 한동안 웃음거리가 되고 말았다.

그 후 서로 재미있게 놀자는 인사와 함께 그녀들의 친구와는 헤어졌고, 다시 우리만의 시간이 돌아왔다. 가끔 같은 반 친구나 학교에서 본 얼굴이 종종 스쳐 지나갔지만, 우리 셋은 떨어지지 않았다.

그러다 배가 출출해져서 야키소바를 파는 가게 앞에 섰다.

"아저씨, 세 개 주세요."

"오냐!"

머리에 수건을 두른 아저씨의 기운 넘치는 목소리가 울려 퍼졌다.

아저씨는 이미 데워둔 야키소바가 든 팩을 봉지에 넣으면서 내 양옆에 서 있는 아리사와 아이나에게 시선을 향했다.

"예쁜 아가씨를 둘이나 데리고 데이트라니, 대단한데, 소년!"

"아하하……."

목소리가 크긴 했지만 조금도 불쾌함이 느껴지지 않는 아저씨였다.

"크으 청춘이구만. 마음껏 즐겨라."

"감사합니다."

"감사해요."

"고마워요, 아저씨!"

"오냐!"

감사 인사를 전한 우리는 인파에서 벗어나 길 가장자리로 이동했다. 비치된 의자에 앉자마자 아이나가 곧바로 손을 모아 인사하고 먹기 시작했다.

"아음…… 마이허~♪"

아이나는 온몸으로 맛있음을 표현했다.

어린아이 같은 모습에 아리사와 함께 쓴웃음을 지었고, 나도 젓가락을 들고 야키소바를 먹기 시작했다.

"앗."

그때 멀리서 눈에 익은 얼굴이 보였다.

소타와 카이토, 이리에였다.

셋이 온 것인지 제각각 닭튀김이나 오징어구이를 손에 들고 있었다.

"어머, 즐거워 보이네."

"그러게."

세 사람은 우리를 알아차리지 못한 채, 그대로 인파 속으로 사라졌다.

저기서 내가 빠진 게 조금 낯설게 느껴졌다.

"아쉬워?"

"조금은. 하지만 난 두 사람의 남자친구로 여기 있는 거야. 그러니까 두 사람보다 우선할 건 아무것도 없어."

"후훗♪"

볼을 물들인 아리사가 미소 지으며 손을 꼭 잡았다.

참고로 이중에도 아이나는 먹는 것에 정신이 팔려 우리 쪽은 눈치채지 못했다.

"이야, 맛있었다♪"

만족스러운 표정으로 야키소바를 먹어 치운 아이나는 다음 사냥감……이 아니라 다음 음식을 찾는 것처럼 두리번거리더니 오코노미야키를 발견했다.

"저것 좀 사 올게!"

"조심히 다녀와."

"얘는, 정말 잘 먹는다니까……."

"한창 성장기니까!"

벌떡 일어난 아이나는 그대로 가게를 향해 달려갔다.

대단하네. 야키소바를 먹고도 오코노미야키가 들어가다니……. 뭐, 맛있긴 하지.

얼마 지나지 않아 아이나가 돌아왔고, 작은 사이즈의 오코노미야키를 나와 아리사의 몫까지 들고 있었다.

"이런 날 만큼은 잔뜩 먹고 싶어."

"잘 먹는 아이나를 보고 있으면 나도 행복해."

"정말 맞는 말이야. 귀여운 여동생이 행복해하는 얼굴을 보면 나도 기쁘니까."

"자, 잠깐, 둘 다 뭐야…… 아무리 나라도 부끄러운데."

아이나는 얼굴을 붉히면서도 먹는 손은 멈추지 않았다.

나도 처음에는 대식가 면모를 보고 깜짝 놀라긴 했지만, 그녀의 남친의 눈에는 그저 한없이 귀여울 뿐이다.

"……행복하네."

"후훗, 꼭 할아버지 같은 감상이네?"

어허, 난 아직 청춘이라고.

하지만 그렇게 될 수 있다면 좋겠다는 생각이 들었다.

"나이가 들어서 할아버지가 된 뒤에도 이렇게 아리사나 아이나를 보며 행복할 수 있다면 좋겠는데……."

도중부터는 좀 민망해져서 뺨을 긁적이며 그렇게 말했다.

그 진심 어린 한마디가 아리사와 아이나의 마음에 직격한 것일까. 열에 들뜬 표정…… 즉 야한 표정을 지은 채 이쪽을 빤히 바라보고 있었다.

"하야토 군, 키스할까?"

아리사는 대답을 기다리지 않고 쪽 키스를 했다.

볼에 살짝 닿는 가벼운 것이 아니라 제대로 입술과 입술이 맞닿는 키스였다. 달콤한 공기를 마구 흩뿌리는 아리사는 주변이 보이지 않는 것 같았고, 들키는 것도 상관없다는 기세였다.

"나도 하고 싶어."

"알았어."

아리사와 했는데 아이나와 하지 않는다는 선택지는 없었다.

얼굴을 바싹 들이댄 아이나와도 키스를 나누었고, 지금은 일단 그것으로 만족했는지 활짝 미소를 짓는다.

"……오코노미야키 맛이 나는 키스였어."

"그, 그건 좀 부끄럽네……."

"어쩔 수 없잖아! 지금 당장 하고 싶었으니까!"

그래……. 우리 셋 모두 그 정도로 키스를 하고 싶었다는 거겠지.

만약 이곳이 집이었다면 더 격한 것들도 할 수 있었을 텐데. 그런 욕망을 품고 오코노미야키를 마저 먹은 뒤, 목이 좀 말라 마실 것을 사기 위해 몸을 일으켰다.

그런 나에게 아리사가 딱 붙어 따라왔고, 아이나는 다음 음식을 찾아 탐색을 재개했다.

"너 그러다 정말 살찐다?"

"괜찮다니까! 전에도 말했잖아? 난 살 안 찌는 체질이고 전부 가슴으로 간다고."

전에도 그런 말을 했었지.

참고로 지금 그 아이나의 한마디에, 조금 아담한 체형의 여성이 가슴에 손을 얹고 주저앉은 것은 못 본 척하기로 했다.

이후로도 나와 아리사는 주스를 샀고 아이나는 특대 크레페를 샀다.

"더 들어가……? 굉장하네."

"하야토 군도 먹을래? 달아서 맛있어."

맛만 보자 해서 나도 딱 한 입만 먹어보았다.

초코와 바나나의 달콤함이 입안에 퍼졌다. 확실히 맛있지만,

더 먹기는 힘들 것 같다.

"언니도 먹을래?"

"나는 됐어."

"그래? 나 혼자 다 먹는다?"

말이 끝나기가 무섭게 아이나는 빠르게 크레페 하나를 뚝딱 먹었다.

배는 채웠지만 여름 축제의 상징인 불꽃놀이는 아직 시간이 좀 남았다. 우리는 먹거리 이외의 가게들도 둘러보기로 했다.

"아, 금붕어 건지기다."

아이나가 관심을 보인 것은 금붕어 건지기 가게였다.

작은 풀장 안에서 헤엄치는 무수한 금붕어를 잡기 위해 어린아이들이 기합을 넣고 도전하는 모습이 보기 좋았다.

"한번 해 볼까?"

"오, 자신 있어?"

"힘내, 하야토 군."

딱히 실력에 자신 있는 건 아니지만, 갑자기 해 보고 싶은 마음이 들었다.

주인아저씨에게 돈을 내고 건지기 도구인 뜰채와 컵을 받은 뒤, 심호흡하며 집중했다.

수조(?) 안에서 헤엄치는 금붕어의 수가 많아 대충 건져도 몇 마리는 잡을 수 있을 것 같았지만…… 이 금붕어 건지기가 그렇게까지 단순하지 않다는 것도 당연히 알고 있었다.

"큰 것도 있네."
"나중에 나도 해 볼까?"
앉아 있는 내 양옆에 아리사와 아이나도 함께 쪼그려 앉았다. 역시 이런 자리에서도 미인 자매인 그녀들은 시선을 받았다.
이럴수록 내가 멋진 모습을 보여줘야겠지?
"좋아, 간다!"
자신만만하게 도전한 결과—— 잡은 것은 한 마리였다.
물 봉투 속에서 유유히 헤엄치는 한 마리의 금붕어가 나를 보고 기운 내라고 말해 주는 것 같았다.
그리고 뒤이어 도전한 아이나는…….
"이거 봐, 굉장하지 않아?!"
"굉장하다, 아이나!"
열 마리 정도 잡았다.
한 마리를 잡자마자 뜰채가 찢어진 나와는 달리 아이나는 눈부신 손놀림으로 금붕어를 척척 건져 올렸다. 그것을 보고 실력차를 뼈저리게 실감했다.
참고로 잡은 금붕어는 가져가고 싶지 않으면 다시 물속으로 돌려보낼 수도 있다. 가만 생각해 보니 생물을 기르기는 힘들 것 같아 모두 놓아줬다.
"그나저나 아이나는 저런 것도 잘하는구나…… 다재다능하네."
"에헤헤, 숨겨진 재능이랄까?"
"그러고 보니 옛날에도 이런 일이 있었지."

그렇군. 아이나는 옛날부터 이런 쪽에 강했구나.
"아리사는 어때?"
"나는 영 꽝이야…… 아마 한 마리도 못 잡았을 거야."
"……흐음."
반대로 아리사는 이런 것에 약하구나. 이것 또한 새로운 발견이었다.
생각보다 금붕어 잡기에 열을 올린 탓에 불꽃놀이 시작 시간이 코앞으로 다가와 있었다.
주변 사람들도 서둘러 먹거리나 술을 손에 들고 명당을 선점하기 바빴다. 이대로면 좋은 장소를 찾는 것은 어렵지 않을까.
"여기서 좀 떨어진 곳이긴 한데, 저쪽에서 보지 않을래?"
아이나가 제안한 곳은 긴 계단이 이어진 높은 장소였다.
저 계단을 올라가면 신사가 나온다. 확실히 그 앞에서 보면 전망도 좋을 테고, 사람도 그렇게 많지 않아 조용할 것 같았다.
"그럼 갈까?"
"가자."
곧바로 우리는 그 긴 계단을 올라갔다.
계단을 전부 올라가자 역시나 사람 그림자 하나 없었다. 나무 사이를 빠져나가자 덩그러니 놓인 벤치 하나가 보였다.
들려오는 사람들의 소란도 희미해서 정말 우리만의 공간 같았다.
도중에 누군가가 올 가능성이 아예 없지는 않지만…… 그렇게 생각한 순간, 양 사이드에 앉은 아리사와 아이나가 몸을 기댔다.

"하야토 군♡"

"하~야토 군♡"

촉촉함을 머금은 목소리로 귓가에 속삭이자, 몸에 급격히 열이 올랐다.

이렇게 두 사람이 몸을 붙이는 것은 일상이었고, 심장을 두근거리게 하는 목소리도 여러 번 들었다.

그럼 왜 이렇게 긴장하느냐, 이유는 뻔하다. 기대하니까—— 우리는 이미 선을 넘어 육체 관계를 가진 사이였기에, 바로 그것을 기대하는 것이었다.

"아이나도 정말 야하다니까……. 하지만 그건 나도 마찬가지야."

"그렇지~? 우리는 자매라서 그 마음은 똑같아……. 둘 다 하야토 군 이야기만 나오면 야해지니까♪"

두 사람만 아는 이야기 아니냐고?

아니, 그렇지 않다. 지금의 말이 무엇을 의미하는지, 그것을 모를 정도로 나는 둔하지 않다.

"여긴 시야가 탁 트여 있는 대신 사람 그림자는 없어……. 그렇다는 건, 그런 의미겠지?"

"맞아♪"

"응♪"

아리사도 아이나도 더는 참을 수 없다……라는 뜻이었다.

"그…… 나도 오늘 계속 두 사람을 더 만지고 싶었으니까, 피차일반이야."

오늘 두 사람을 만난 이후부터 계속 느끼고 있던 답답함을 전하자 두 사람 모두 부드러운 미소를 지어주었다.

끌어안는 것만으로는 만족할 수 없는지, 혀를 사용해서 목 언저리를 핥아오는 두 사람…… 무척 간지럽지만, 그녀들의 야릇한 애무는 기분 좋은 흥분을 불렀고, 습관처럼 더 원하게 만들었다.

"아리사."

"응……."

우선 아리사의 이름을 부르며 얼굴을 가까이했다.

아리사도 조금 전의 닿기만 하는 키스가 아닌 혀를 섞는 키스를 기대하고 있었는지, 곧바로 혀와 혀가 감겨들었다.

"와…… 격렬한 키스…… 나도 빨리하고 싶어……."

아리사와 키스는 나누는 동안에도 아이나는 그렇게 말하며 내 목을 핥는 것을 멈추지 않았다.

한 명의 여자와 정신이 아찔해질 정도로 격렬한 키스를 하면서 다른 한 명의 여자가 몸을 핥아오는 상황. 그거싱 나를 더욱 크게 흥분시켰다.

"그럼, 다음은 아이나."

"아앙……."

"네♡ 언니, 교대해 줘~."

얼굴이 떨어지는 순간 아리사가 아쉬움이 담긴 목소리를 냈다.

그녀의 그런 목소리에 미안함을 느꼈지만, 이 이상 아이나를 방치할 수는 없었다. 그러니까 미안해, 아리사!

"쪽…… 으음……!"

아리사와의 키스를 계속 바라보고 있던 탓일까, 아이나는 더욱 격렬했다.

마치 선수를 빼앗긴 것을 만회하려는 것처럼 입 주위가 침으로 흥건해져도 개의치 않았다.

"으…… 그럼 난 여길 핥을래."

"윽?!"

아리사가 핥기 시작한 것은 귓불…… 아니, 핥는 것을 넘어서서 오물거리면서 달콤하게 깨물었다.

지금까지 받아본 적 없는 미지의 자극에 등골이 오싹해졌다. 진정하기 위해 심호흡을 하려고 했지만, 아이나가 강한 힘으로 내 머리를 짓눌러 키스하는 자세를 강제로 고정했다.

'이, 이건…… 천국 아닌가?!'

보기에 따라서는 두 명의 여자가 한 남자를 덮치는 것처럼 보일지도 모른다.

하지만 실제로는 두 여자친구가 나를 격렬하게 원하는 것뿐이었다. 나 역시 이런 상황임에도 기쁨이 더 컸고, 더 많이 되돌려주고 싶다는 마음이 강하게 치밀었다.

자유로워진 손을 움직여 크고 탐스러운 두 사람의 가슴을 만졌다.

"으음♪"

"앙♪"

유카타 위에서 만졌음에도 그 탄력감이 충분할 정도로 전해졌다.

내 손의 움직임에 맞춰서 몸을 부르르 떠는 모습도, 요염하게 신음하는 모습도 사랑스럽고 야했다.

유카타 위로 만지는 것은 어디까지나 준비 운동에 지나지 않았다. 곧바로 가슴팍 틈새로 손을 집어넣어 직접 그 탄력을 손바닥으로 느꼈다.

"……역시 크네."

"요즘, 또 조금 커졌어."

"맞아. 하야토 군의 사랑 덕에 더 커졌어."

뭣…… 또 커졌다고?!

두 사람 다 안 그래도 크고 매혹적인 가슴인데, 그런 것이 더 성장했다고……?

"더 제대로 보여줄게."

"많이 봐도 돼. 전부 하야토 군 거니까."

두 사람은 몸을 살짝 떼더니 유카타를 천천히 풀어 가슴을 드러냈다.

크고 모양 좋은 두 사람의 가슴마저 나에게 더 만져달라고 애원하는 것 같았다.

뚫어져라 바라보는 시선에 그녀들도 흥분했는지 몸을 떨었다. 그 움직임에 네 개의 풍만한 과실도 춤을 추듯 흔들렸다.

바다에 다녀온 탓에 구릿빛으로 그은 피부. 하지만 수영복을 입고 있던 자리는 본래의 하얀 피부였다.

희미하게 남은 햇볕에 그을린 장소와 그렇지 않은 장소의 대비마저 나를 흥분시키는 재료에 불과했다. 덕분에 두 사람을 향한 갈망은 한층 더 강해졌다.

"……오오."

다시 손을 뻗어 두 사람의 가슴을 만졌다.

한 손에 전부 다 들어오지 않을 정도로 풍만한 거유가 내 손가락의 움직임에 따라 형태를 바꿔나갔다.

아래에서 받쳐 들면 그 묵직한 무게감이 느껴지고, 손가락에 힘을 주면 부드러운 살결 사이로 파묻히듯 가라앉는다……. 그리고 절정은 아리사와 아이나의 흥분을 알려주는 가슴의 끝부분.

손가락으로 살짝 튕기기만 해도 두 사람은 신음을 내며 몸을 움찔움찔 떨었다.

주위는 어두웠음에도 그녀들의 붉어진 뺨을 숨기지는 못했다. 가슴에 완전히 푹 빠진 나를 보며 두 사람은 행복한 미소를 지었다.

"후훗♪ 얼마 전까지는 직전에 멈췄었는데."

"하지만 지금은 다르지. 더 이상 우리를 원하다가 도중에 멈추는 일은 없어."

"……정말 진지하게 생각하는 건데, 여기까지 용케 잘 버텼다고 생각해."

얼마 전까지의 자신을 떠올리며 쓴웃음을 지으면서도 당연히 손을 멈추지는 않았다.

그리고 한동안 두 사람의 가슴을 만지는 사이 아리사도 아이나도 완전히 한계에 다다른 듯했다.

"아리사, 아이나."

"와줘…… 와줘, 하야토 군!"

"더 이상 못 참겠어……!"

못 참겠는 건 나도 마찬가지다.

빠르게 몸을 일으킨 나는 두 사람의 손을 잡고 조금 떨어진 나무 사이의 어둠 속으로 이끌었다.

밤이라 그런지 나무 그늘은 한층 더 짙었다.

하지만 그런 어둠조차 흥분을 부추기는 재료가 되었고…… 여기까지 온 이상 우리에게 멈춘다는 선택지는 없었다.

"……!"

"왜 그래?"

"??"

"……누구와 먼저 해야 하지?"

심각한 문제이자, 동시에 지나치게 호사스러운 고민이었다.

고민하는 나에게 두 사람이 한 말은, 그저 내가 원하는 대로 해달라는 것.

여전히 어려운 문제이긴 했지만, 나는 결국 아리사에게 먼저 손을 뻗었다.

극상의 탄력감을 느끼면서 입술을 겹쳤다. 아리사도 그런 나를 기다렸다는 듯이 혀를 감아왔다.

'머리가 몽롱해…….'

정말 중독될 것 같은 감각이었다.

먼저 아리사를 상대하면 아이나가 서운해하지 않을까 걱정했는데, 다행히 그런 일은 벌어지지 않았다.

왜냐하면 그녀는 그 자리에 주저앉아 내 바지를 벗겼으니까.

"나는 이쪽을 돌봐줄게…… 에헤헤, 그날 이후로 처음이네♪"

"윽!"

"아앙…… 하야토 군. 싫지는 않지만, 갑자기 강하게 꼬집으면 깜짝 놀라잖아♪"

"미, 미안……."

갑자기 바지를 벗기는 바람에 나도 모르게 아리사의 가슴을 만지던 손에 힘이 실리고 말았다.

난난해신 가슴 끝을 무심코 꽉 쥐자 아리사가 부드럽게 나를 책망했다. 하지만 그 표정에 싫어하는 기색은 털끝만큼도 없었고, 오히려 느껴진 자극에 황홀해하는 것처럼 보였다.

"난…… 핥는 거 좋아♡."

두 번째라고 하기엔 너무나도 자극적인 상황이었다.

아리사와 키스를 나누고, 아이나에게 성적으로 놀림을 당하는…… 아니, 이 경우는 둘 다 성적인 행위인가.

"하야토 군…… 나 더는 못 참겠어."

"으, 응……."

아리사가 그렇게 말하자 아이나가 떨어졌다.

그녀는 내 등 뒤로 돌아가더니 어깨 너머로 얼굴을 내밀며 말했다.

“처음은 언니한테 양보할까? 자, 하야토 군, 언니한테 쑥 넣어버려♪”

그렇게 말한 아이나가 가슴골 사이에서 무언가를 꺼냈다. 어어?! 콘돔이 왜 거기서 나와?! 이 용의주도한 녀석들!

“보다시피 콘돔도 있으니까…… 응?”

나는 고개를 끄덕였고, 기다리고 있는 아리사에게 몸을 포개고 욕망에 사로잡히려던 순간, 펑 하는 소리와 함께 눈부신 불꽃이 밤하늘에 피어올랐다.

그리고, 연달아 폭죽 소리가 울려 퍼지는 와중…… 우리가 아닌 다른 누군가의 목소리가 들려왔다.

“와, 완전 명당 찾았다!”

“이런 곳이 있었네.”

나타난 것은 대학생 정도로 보이는 두 쌍의 남녀였다.

우리를 눈치채지 못한 것 같지만, 우리 쪽에서는 그들의 모습이 전부 보였다.

“이 이상은 역시…… 윽?!”

이 상황에서 냉정해진 것은 나뿐이었던 모양이다.

아리사는 그 자리에 쪼그려 앉더니 조금 전의 아이나처럼 내 하반신에 얼굴을 가까이했다.

“그렇다면 적어도…… 편하게 해 줄게.”

“뭐? 아니, 잠깐……?!”

“그럼 나도 도와줘야지~♪”

“아이나?!”

아리사를 거들듯이 아이나도 똑같이 쪼그려 앉았다.

미인 자매가 야한 손놀림과 혀 놀림을 선보이는 사이, 나는 그것을 내려다보는 것밖에 할 수 없었다.

‘……장관이네’

아리사와 아이나가 야한 행위를 하면서 나를 올려다보고 있다……. 이렇게 그녀들을 내려다보고 있으니 묘한 정복감이 느껴졌다.

수많은 남자가 원하는 두 사람을 오직 나만이 마음껏 휘두를 수 있다.

흥분은 한층 더 짙어졌고, 몸에도 변화는 알기 쉽게 나타났다. 그것을 본 아리사와 아이나는 기쁜 얼굴로 미소 지었다.

“……두 사람 다 최고야.”

“더 느껴줘♡”

“우리에게 전부 다 내보내줘♡”

그런 두 사람의 말과 표정을 보고 참을 수 있을 리가 없었다.

바로 옆에 이름도 얼굴도 모르는 사람들이 있는데…… 들킬 가능성마저 있는 상황에서 이런 일을 하고 있다는 것에서 오는 짜릿함.

얼마 지나지 않아, 나는 허무할 정도로 모든 것을 쏟아냈다.

하지만 그녀들이 만족하지 못한 것과 마찬가지로 나도 아직 여기서 끝낼 수는 없었다.

"그…… 불꽃놀이를 보고 나면 우리 집에 가지 않을래? 다음은 거기서——."

"당연히 갈래!"

"꼭 갈 거야!!"

그런 이유로 두 사람은 급히 일정을 바꿔 우리 집에 묵게 되었다.

불꽃놀이가 끝나면 사키나 씨에게 연락해서 외박 허락을 받아야겠다.

"불꽃놀이에 집중이 안 되네……."

"응…… 축축해."

"……."

그 부분은 남자인 나로서는 알 수 없는 부분이지만, 뭔가…… 미안.

이후의 일정이 정해졌으니 남은 시간만큼은 제대로 불꽃놀이를 구경하기로 했다.

그래서 원래 있던 장소로 돌아왔지만, 누가 봐도 뭔가 했다는 것을 알 수 있는 분위기가 가득 배어 있었다. 눈이 마주친 대학생들은 과연 무슨 생각을 했을까…….

그것이 신경 쓰여 안절부절못하는 사이에도, 그녀들은 마치 동심으로 돌아간 것처럼 불꽃놀이를 보며 해맑게 웃고 있었다.

'너무 행복해서 머리가 어떻게 될 것 같아.'

이 자리에 사키나 씨가 없다는 것이 유일한 아쉬움이었지만…….

축제 데이트를 배려해 거절하셨지만, 다음에 기회가 된다면 꼭 사키나 씨도 데려오자.

"아, 저기 봐!"

"……예쁘다."

"오오……."

유달리 크고 멋진 불꽃이 터졌다.

무슨 원리인지는 모르겠지만, 마치 폭포수가 쏟아지듯 눈부신 불꽃이 밤하늘을 수놓고 있었다.

그렇게 시간은 흘러갔고 불꽃놀이도 끝이 났다.

"그럼 이제 돌아갈까."

"응, 빨리 돌아가자."

"우리들의 밤은 지금부터네♪"

참기 힘들다는 듯 두 사람이 내 손을 잡고 성큼성큼 앞장서서 걸어갔다.

번화한 곳을 벗어나 귀갓길에 접어들자, 조금 쓸쓸함이 느껴질 정도의 적막함이 우리에게 축제가 끝났음을 알려주었다.

"……아, 잠깐 미안."

곧바로 두 사람에게서 떨어진 뒤 크게 재채기했다.

어찌나 기세가 심한지 콧물까지 나와서 황급히 주머니에서 휴지를 꺼내 닦았다.

"엄청난 재채기네?"

"응……."

묘하게 코가 계속 간지럽다. 혹시 감기에 걸렸나?

그렇게 생각했지만, 이렇게 멀쩡한 데다 코가 간지러운 것 말고는 감기다운 증상은 없었다…… 아, 이제 멀쩡해졌다.

곧 집에 도착해 두 사람을 방으로 초대했다.

땀을 조금 흘려서 서늘하긴 했지만, 어차피 지금부터 땀을 흘릴 예정이니까 샤워는 그 뒤에 해도 되겠지.

"……아리사, 아이나."

두 사람을 침대에 밀어 넘어뜨렸다.

이제 이곳은 야외가 아니니 내 마음대로 해도 된다……. 눈앞의 여자 두 명은 네 거다── 그런 악마의 속삭임이 들려왔다.

핫, 내 거라니…… 그야 물론 두 사람은 내 소중한 연인이지만, 결코 물건은 아니다. 앞으로 있을 내 인생에 없어선 안 될 소중한 파트너였다.

"이러는 건 그날 이후로 처음이지…… 이번엔 두 사람을 엉망진창으로 만들어줄게."

말하자마자 후회했을 정도로 오글거렸다.

그러나 아리사와 아이나의 반응은 굉장했다.

"해, 해 주세요…… 얼른 해 주세요, 주인님~♡"

"응…… 빨리…… 더는 못 참겠어♡"

내 말이 두 사람이 깊은 곳에 잠든 무언가를 건드린 모양이었다.

한결같이 나를 섬기고 싶어 하는 아리사의 복종 욕구와, 내 아이를 무척이나 원하는 아이나의 소망이 심연에서 얼굴을 내밀었다.

아리사의 소원은 그렇다 쳐도, 아직 내 처지로는 아이나의 소원을 들어줄 수는 없다. 위험한 상황을 만들 생각도 없지만, 그걸 떠나서 이 정도로 나를 원해 준다는 것은 진심으로 기뻤다.

"주인님의 증표를 가득 새겨주세요."

"뭘 해도 좋으니까 날 더 많이 원해 줘."

그것이 시작 신호가 되었다.

처음과 마찬가지로 셋이 함께한 시간── 얼마나 오랜 시간 서로를 안았을까.

본능이 이끄는 대로 상대를 찾고, 사랑하고, 그 몸을 탐했다.

입에 담기에도 민망한 대화를 나눈 것 같은 기분도 들지만, 어쨌든 대단한 만족감이었다.

"윽…… 하야토 군은 정말 강인해♡"

"망가지는 줄 알았어♡"

"크흠……."

알몸으로 그렇게 귓가에 속삭이는 두 사람 때문에 다시 불이 붙을 뻔했지만, 간신히 참았다. 그럼에도 여전히 넘칠 것 같은 욕망을 억누르기 위해 나는 있는 힘껏 두 사람을 끌어안았다.

"이렇게라도 하지 않으면 못 참겠어……. 이것도 전부 두 사람이 너무 매력적인 게 탈이라 그런 거잖아, 어쩔 거야."

"후후, 뭐야 그 말투는."
"하야토 군도 완전 매력적이라 탈인데, 어떻게 책임질 거야?"
이봐, 몇 달 전의 나야, 보고 있나?
그렇게나 두 사람의 유혹을 참았는데, 미래의 나는 이렇게 두 사람과 관계를 맺고 있어.
물론 지켜야 할 것은 최우선으로 생각하면서.
'두 사람과 함께라는 점에는 변함없지만, 서로를 원하는 단계는 한층 더 진화했어. 정말 행복한 날이구나.'
그 후 샤워를 하기 위해 욕실로 갔다.
몸을 깨끗하게 씻은 뒤 방 청소도 끝내고, 이불을 깔고 잘 준비를 마쳤다.
불을 끈 뒤에도 아직 우리는 잠들지 않았다. 작게 종알거리는 두 사람의 말소리가 들렸다.
"언니는 어떤 체위가 좋아? 나는 뒤에서 박히는 게 좋아♪"
"나는 마주 보고 하는 게 좋아…… 얼굴을 보면서 하고 싶으니까."
……두 사람 다, 일부러 나 들으라고 하는 소리 맞지?
애써 들리지 않는 척을 하려다가, 또 한 번 코가 간질거려 성대한 재채기가 터진 탓에 엿듣고 있던 것을 들키고 말았다.
"자, 잘자!!"
"응, 잘 자."
"굿나잇~♪"

그 후로도 한동안 두 사람의 적나라한 자매 토크는 멈추지 않았지만, 몸이 피곤했는지 머리가 멍해지면서 잠이 오기 시작했다.

'아빠, 엄마…… 보고 있어? 아니…… 그걸 보고 있었다면 좀 민망한데, 어쨌든 난 이렇게 웃으면서 지내고 있어.'

분명 천국에 계신 부모님도 웃는 얼굴로 날 지켜보고 계시겠지.

그렇게 생각하면 미소가 절로 지어졌다……. 잠깐, 아까부터 묘하게 머리가 멍하고 몸이 뜨거운데……? 뭐지, 이거.

"……괜찮겠지?"

곁에 그녀들이 있어 준다는 기쁨, 확실히 달라진 것에 대한 기쁨.

그런 것들에 행복을 느끼면서 밤이 깊어져 갔다.

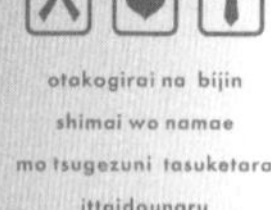

여름 축제가 끝나고 사흘 정도가 지났다.

그 즐거웠던 기억…… 물론 축제 후에 그녀들과 보낸 꿀처럼 달콤했던 행위도 생생하게 떠올랐다.

두 사람의 목소리, 두 사람의 반응, 두 사람의 부드러움, 두 사람의 냄새, 두 사람의 ……아흐.

"하야토 군?! 머리에서 김이 나는데?!"

"하하! 무슨 말씀이세요, 사키나 씨. 사람이라면 당연히 머리에서 김이 나죠!"

"하야토 군?!"

나는 틀리지 않았다.

원래 인간은 머리에서 김을 내는 생물이다……. 왜냐하면 증기기관차도 칙칙폭폭 새하얀 연기를 내뿜잖아.

즉 인간도…… 내가 지금 무슨 소릴 하는 거지?

"사키나 씨…… 저, 감기에 걸린 것 같아요."

"그래 보이네요……. 우선 누울까요?"

"네."

난 아무래도 감기에 걸린 모양이었다.

냉정하게 지금 상태를 자각한 순간 몸에 힘이 빠져 그대로 쓰러질 뻔했지만, 눈앞에 있던 사키나 씨가 나를 받치듯이 안아주었다.

포근한 마시멜로 같은 탄력감이 느껴지자, 이 베개에 얼굴을 묻고 잠들고 싶다는 생각이 들 정도로 뇌가 급격하게 과열되었다.

"조금만 버텨요. 이대로 방으로 갈게요."

사키나 씨의 부축을 받아 천천히 방으로 이동했다.

나를 곧바로 침대에 눕힌 사키나 씨는 체온계와 수건을 가지고 오겠다며 방을 나갔다.

혼자가 된 나는 여전히 멍한 머리로 천장을 바라보며 가볍게 숨을 내쉬었다.

"하아…… 어쩐지 요즘 컨디션이 좀 이상하다 싶었더니, 감기였구나."

여름 축제날부터 몸 상태가 조금 이상했다.

재채기도 하고 약간 오한도 있었다. 그러나 그 이상의 증상은 없었고 컨디션도 멀쩡했기에 괜찮을 줄 알았다.

"열…… 높을 것 같은데."

이렇게 되고 나니 사키나 씨를 포함해 아리사와 아이나에게 미안한 마음이 들었다.

오늘은 신조네에 묵을 예정이라서 아침부터 이곳에 와 있었다. 저녁은 실력 발휘를 해서 맛있게 만들어줄 테니 기대하라고…… 그런 말을 들은 직후인데.

곤란하네.

"기다렸죠, 하야토 군."

얼마 지나지 않아 사키나 씨가 돌아왔다.

사키나 씨는 내가 미안해하는 것을 깨달았는지, 상냥하게 미소 지으며 머리를 쓰다듬어주었다.

"미안하다는 생각 마세요. 사람은 누구나 몸이 아프기 마련이고, 무엇보다 저로서는 예전에 받은 걸 돌려줄 좋은 기회이니까요."

"하지만……."

"아이들은 이럴 때 얌전히 어리광을 부리는 법이랍니다♪"

"알겠습니다."

그렇다면…… 지금은 말을 듣기로 하자.

사키나 씨에게 체온계를 받아 겨드랑이에 끼고 잠시 기다렸다……. 요즘 체온계는 하나같이 잘 나와서 순식간에 열을 재준다.

"……오."

삐삐삐, 하는 소리가 울리고, 내가 먼저 체온을 확인하고 놀랐다.

이어서 사키나 씨에게 건네주자 그녀도 탄성과 함께 놀라며, 곧바로 찬 물에 적신 수건을 이마에 놓아 주었다.

"38도…… 높네요."

"……네."

38도는 나름 고열이다.

예전에 사키나 씨도 열이 나서 앓아누운 적이 있었는데, 숫자만 놓고 보면 내가 훨씬 가벼웠다.

"병원은 어떻게 할까요?"

"좀 지켜봐도 될 것 같아요. 만약 더 심해진다 싶으면 혼자──."

"하야토 군."

"네?"

혼자서 병원에, 거기까지 말하려다가 사키나 씨에 의해 가로막혔다.

무척 아름다운 미소였지만, 어쩐지 등골이 서늘해질 정도의 무서움도 함께 느껴지는 미소.

"만약 심해진다고 해도 혼자 가겠다는 소리는 하지 마세요. 혹시 몰라 묻는 건데, 집으로 돌아갈 생각을 하고 있었던 건 아니죠?"

"……."

나는 천천히 이불을 끌어올려 얼굴을 가렸다.

화가 난 것은 아닌 것 같았지만, 내 말이 서운하게 들렸을지도 모른다.

"섭섭해요, 하야토 군. 여기는 이제 하야토 군에게 또 하나의 집이나 다름없고, 저도 하야토 군의 엄마나 다름없잖아요……. 후후, 그러니 당신이 감기에 걸리면 이렇게 돌봐주는 것도 당연히 제가 할 일이죠."

"윽……."

알고 있다…… 사키나 씨가 한 말의 의미는 아주 잘 알고 있다!

사키나 씨나 아리사, 아이나에게 감기를 옮기고 싶지 않다는 것도 진심이지만, 이런 상태로 날 돌려보낼 리도 없다는 것을 알고 있었다……. 알고 있음에도 굳이 입 밖으로 뱉은 것은, 어쩌면.

"저기…… 전 아마."

"?"

"사키나 씨에게…… 그런 말을 듣고 싶어서 이런 말을 한 것 같아요."

그래…… 그런 다정한 말을 듣고 싶었던 것이다.

그녀들은 언제나 나를 조건 없이 사랑해 준다. 아, 정말이지 그녀들의 사랑은, 그 애정은 나를 깊게 빠뜨려서 도망갈 곳마저 없애버린다.

"하야토 군."

"네?"

"오늘은 계속, 떨어지지 않고 딱 붙어서 간병해 줄게요!"

"네?!"

"우후훗, 아아, 정말 너무 사랑스러워. 나의 사랑스러운 아들…… 엄마가 계속 곁에 있어줄게요~♪"

"……."

아무래도 내 말이 사키나 씨의 모성을 제대로 자극해 버린 모양이었다.

그 후 사키나 씨는 말 그대로 내게서 눈을 떼지 않고 정성껏 보살펴주었다.

그리고 오늘 저녁 식사를 푸짐하게 차려주겠다며 장을 보러 나갔던 아리사와 아이나가 돌아왔다.

"돌아왔네요. 하야토 군 상태를 전하고 올게요."

"죄송해요, 사키나 씨."

"오늘 하야토 군은 사과만 하고 있네요?"

"……감사합니다, 사키나 씨."

감사 인사를 전하자 사키나 씨는 고개를 끄덕이고 방을 나갔다.

그 후 얼마 안 가 우당탕탕 하는 발소리가 들렸고, 방 앞에서 급정지라도 한 것처럼 조용해졌다.

똑똑 하는 가벼운 노크 소리가 들린 후 아리사와 아이나가 얼굴을 내밀었다.

"하야토 군, 괜찮아?!"

"열이 높다고 들었는데?!"

역시 걱정시켜 버린 모양이다.

밖에서 이제 막 돌아와서 땀도 많이 흘린 것 같은데, 그마저 잊고 나를 먼저 걱정해 주는 그 마음이 기뻐서 그만 미소가 나왔다.

"미안해, 두 사람 다…… 모처럼 장까지 봐줬는데."

"사과하지 마, 하야토 군."

"맞아, 사과 금지."

"……그래. 고마워, 둘 다."

하하, 사키나 씨랑 똑같네.

열이 높기는 하지만 평범하게 대화할 수 있을 정도로 건강한 것을 확인하고, 두 사람은 우선 옷을 갈아입기 위해 방을 나갔다.

들어보니 생각보다 장을 보는데 시간을 오래 써버려서, 서둘러 나를 보고 싶은 마음에 오는 길을 서둘렀다고 한다. 그래서 그렇게 땀을 흘렸던 것이다.

"사키나 씨."

"뭐예요?"

"저 두 사람은…… 왜 저렇게 귀여운 거죠?"

"그야 제 딸이니까요."

"그렇군요."

"……바로 납득하면 조금 민망한데요."

아니, 바로 납득할 수밖에 없잖아요.

"몇 번이나 말했지만 사키나 씨는 예쁘고…… 귀여운 부분도 많이 알고 있으니까요."

"읏…… 정말, 하야토 군도 참."

사키나 씨가 수줍어하는 표정을 보니 장난에 성공한 기분이 들었다.

나도 늘 귀여움만 받는 것이 아니라 가끔은 이렇게 사키나 씨를 놀리고 싶을 때가 있다…… 물론 늘 적정선은 지키려고 하지만.

그 후 옷을 갈아입은 아리사와 아이나가 다시 방으로 찾아왔고, 그때서야 졸음이 쏟아지기 시작했다.

"졸려?"

"푹 쉬어, 하야토 군."

"응…… 잠깐 눈 좀 붙일게."

아리사와 아이나, 그리고 사키나 씨가 지켜보는 가운데 눈을 감았다.

그리고 다시 눈을 뜬 것은 정오가 막 지났을 무렵이었다. 아리사가 어깨를 살짝 흔들어 깨워주었다.

"……아리사?"

"응, 잘 잤어? 하야토 군."

"……."

"왜 그래?"

나도 모르게 뚫어져라 바라본 탓에 아리사가 고개를 갸우뚱했다.

의아한 얼굴로 바라보는 그녀에게 쓴웃음을 지으며, 떠오른 것을 그대로 말로 전했다.

"아니, 눈을 떴을 때 좋아하는 사람이 눈앞에 있으니까 역시 좋구나 싶어서."

"아…… 후훗♪"

감기 때문인지 평소보다 더 솔직한 말이 흘러나왔다.

기쁘게 웃은 아리사가 의자를 끌어와 옆에 앉았다. 쟁반 위에 올라가 있는 것은…… 죽인가?

"아플 땐 속에 편한 음식이 좋으니까."

"고마워, 아리사."

"괜찮아. 하지만 꽤 고생했어…… 하야토 군에게 죽을 먹여줄 권리를 얻기 위해 말이지."

"……무슨 일이 있었길래?"

주먹을 불끈 쥔 아리사는 마치 전장에서 돌아온 전사를 떠올리게 했다.

무슨 일이 있었는지 무척 궁금했지만, 그에 대해 물어보기도 전에 배에서 꼬르륵 하는 소리가 우렁차게 울렸다.

창피하다……. 얼굴이 화끈해질 정도로 큰 소리였다.

"좀 뜨거우니까 잠깐 기다려."

숟가락으로 죽을 푼 아리사가 후후, 하고 입김을 불어 식혀주었다.

"자, 먹어."

"고마워."

혼자 먹을 수 있어……라고 하는 건, 지금 가장 쓸데없는 소리였다.

죽은 원래 간이 싱겁고 소금기만 살짝 도는 것이 정석이고, 아리사가 먹여주는 이 죽도 크게 다르지는 않았다.

하지만 뭔가 신비로운 양념을 쳤나 싶을 정도로 맛있어서, 숟가락에 담긴 죽이 계속해서 술술 넘어갔다.

그렇게 아리사가 죽을 먹여주고 있던 와중이었다.

어째서인지 손에 든 숟가락을 빤히 바라보는가 싶더니, 아리사가 갑자기 이런 말을 꺼냈다.

"저기, 하야토 군."

"왜?"

"이런 상황이면, 역시 그걸 해야 한다고 생각해."

"뭘?"

"입으로 먹여주는 거."

"입으로…… 먹여준다고?!"

대체 무슨 소리를 하는 거냐. 분명 지금의 나는 그런 얼굴을 하고 있을 것이다.

하지만 오해하지 않았으면 좋겠다. 입으로 먹여주는 행위를 하기 싫다는 것이 아니다. 오히려 아리사와 함께라면 뭐든 하고 싶다…… 야한 일이든 뭐든, 상식 범위 안에서 차고 넘칠 정도로 하고 싶을 정도다!

……하지만 지금의 나는 감기에 걸린 환자다.

그러니 입으로 먹여주는 행위를 할 수는…… 잠깐, 아리사 씨?!

"음……."

벌써 입에 넣었다고……?!

아리사는 완전히 입으로 먹여주기로 결심한 것인지, 그대로 이쪽으로 다가와 입을 내밀었다.

"아니, 감기가 옮으면 어쩌려고……."

"……."

"그렇게 빤히 쳐다봐도 안 돼! 이것만은 안 돼!"

"……."

"제발 부탁이야, 이해해 줘. 아리사, 이렇게 부탁할게."

그렇게 말하며 필사적으로 고개를 숙이는 나…… 근데 내가 지금 뭘 하는 거지?

아리사는 한동안 나를 바라보다가, 입에 넣고 있던 죽을 꿀꺽 삼키고는 후우 하고 숨을 내쉬었다.

"……그러게. 나 정말 왜 이럴까. 하야토 군과 야한 일을 하는 것도 좋지만, 자꾸만 닿고 싶은 마음이 들어서…… 하아, 미안해, 정말."

"아니…… 사과할 필요 없어, 전혀. 그 대신 나으면 야한 거 잔뜩 하자!"

분위기에 휩쓸려 대체 무슨 소리를 하는 건가 싶었지만, 아리사가 환한 미소를 지으며 고개를 끄덕였으니 뭐…… 상관없겠지?

이후 다시 아리사가 죽을 먹여준 덕분에 깔끔하게 식사를 마칠 수 있었다.

"잘 먹었어."

"천만에. 맛있었어?"

"정말 맛있었어."

"다행이야. 하야토 군을 생각하는 마음을 듬뿍 넣었거든."

"그렇구나…… 그래서 그렇게 맛있었구나."

물론 그녀들이 뭘 만들어 줘도 나는 맛있다고 하겠지만, 거짓 없는 진심이었기에 당당하다.

하지만 이런 것도 좋네!

감기로 걱정을 끼치고 있는데도, 감기에 걸렸을 때만 경험할 수 있는 이 상황 자체가 무척 기뻤다.

"뭐랄까…… 이미 여러 번 말한 것 같지만 정말 행복해. 이렇게 컨디션이 안 좋을 때 누군가가 옆에 있어 준다는 게 너무 좋다."

"그렇게 말해 주면 나도 아이나도 엄마도 기쁘지. 하지만 하야토 군, 이런 일은 앞으로도 평생 계속될 텐데? 우린 하야토 군을 떠나지 않을 거고, 하야토 군도 우리를 떠나지 않을 테니까…… 계속 이어질 거야."

"정말 계속 이어졌으면 좋겠다. 앞으로도 오래오래 잘 부탁해, 아리사."

"응♪"

계속 이어진다…… 그것이야말로 아리사와 아이나가 만든 바닥 없는 사랑의 늪.

나는 스스로 그 늪에 빠지는 것을 택했고, 도망갈 길이 사라졌다는 것은 자각하고 있었다.

나는 완전히 그녀들에게 사로잡혔다…… 더 이상 그녀들에게서 떨어질 수 없었다.

"꽤 좋아진 것 같긴 하지만, 일단 열을 재볼게."

"알았어."

이 정도면 아마 열은 내려갔을 것이다.

그렇게 생각하고 체온계로 다시 열을 쟀는데, 믿을 수 없게도 열이 아주 조금 더 올라 있었다.

"……."

"……."

"……얌전히 잘게."

"열은 만만히 생각하면 안 되겠네."

오늘 하루는 완전히 침대 신세를 질 수밖에 없을 것 같았다.

아리사가 빈 접시를 들고 방을 나가자, 배가 찬 덕분인지 다시 잠이 쏟아지기 시작했다.

"……조금만 더 잘까."

하지만 곧바로 아리사나 아이나, 혹은 사키나 씨가 들어올지도 모르니까 인사는 하고 자자.

……머리로는 그렇게 생각했는데, 깨닫고 보니 이미 잠들어 있었다.

잠깐 눈을 감았다고 생각했는데, 다시 눈을 뜨니 시곗바늘이 세 시간을 훌쩍 지나 있었다.

"어머, 일어났어?"

"……아리사?"

"응."

아리사는 의자에 앉아 안경을 쓰고 책을 읽고 있었다.

이렇게 안경 쓴 그녀를 보는 것은 이전에 공부를 알려줄 때 이후로 처음이네……. 다만 이렇게 그녀를 보고 있으니 야한 가정교사 누나로밖에 보이지 않았다.

"계속 여기 있었어?"

"내가 그러고 싶어서. 참고로 엄마도 더 있고 싶어 하셨는데, 일 때문에 잠깐 밖에 나가셨어."

"그렇구나…… 아이나는——."

아이나는 어디에 있느냐고 물으려던 찰나, 쉬잇 하고 아리사가 입가에 손가락을 갖다댔다.

“새근…… 새근…….”

“……아~ 그렇구나.”

바로 옆에서 들려오는 숨소리에 눈길을 돌리자, 그곳에 아이나가 잠들어 있었다.

아리사는 그렇다 쳐도, 침대에 기대 잠들 정도로 내 곁에 있고 싶었던 걸까…… 정말 귀엽다니까.

“착하다.”

“으응…… 하야토…… 군…… 음냐.”

봐라, 잠꼬대도 너무 귀엽다.

감기에 걸린 채로 그녀들을 만지는 건 최대한 줄이려고 했는데, 나도 모르게 손이 움직여 아이나의 머리를 쓰다듬고 있었다.

5초 정도 쓰다듬었을까, 아이나의 눈꺼풀이 천천히 올라가더니 그 눈동자가 나를 포착했다.

“아…… 하야토 군이다아.”

냐앙, 하는 소리를 내며 고양이가 어리광부리듯 다가온다.

실로 안타깝지만, 지금의 나를 안게 놔둘 수도 없었기에 부드럽게 어깨를 눌러 멈춰 세웠다.

“왜애…….”

“감기가 옮으면 안 되니까…… 참아, 아이나.”

“……그래, 그렇지.”

진심으로 아쉬운 얼굴이었지만, 아이나는 순순히 물러서서 옆에 앉았다.

살짝 남아 있던 졸음기도 금세 가셔서 나는 상체를 일으키고 두 사람을 바라보았다.

"……저기, 화내지 말고 들어줘."

"뭔데?"

"뭐를?"

"감기에 걸려서, 이렇게 두 사람에게 걱정받는 것도 나쁘지 않다고 생각했어."

그렇게 말하자 둘 다 미소를 지어주었다.

화내지 말라고는 했지만, 그런 기색은 조금도 없었다. 그렇다고 어이없거나 곤란한 미소도 아니었다. 그저 흐뭇해 보이는 미소였다.

"화낼 리가 없잖아♪"

"응, 오히려 기뻐."

뭐, 그렇게 말해 주리라는 것도 이미 알고 있었지만.

두 사람의 반응에 만족한 순간, 문득 걱정거리 하나가 떠올라 물어보았다.

"그러고 보니 두 사람 컨디션은 괜찮아?"

"우리?"

"응…… 이렇게 쓰러지기 전에 그런 일을 했으니까…… 대놓고 한참 동안 닿아 있었잖아. 그랬는데 괜찮은 건가 하고."

정말이지 진한 접촉을 엄청나게 해댄 탓에 그 부분이 가장 신경 쓰였다.

이렇게 본 바로는 둘 다 멀쩡해 보여서 걱정할 필요는 없어 보였지만, 역시 이런 건 제대로 확인하고 안심하고 싶었다.

"확실히 그때 하야토 군이 재채기를 했었지……. 근데 우리는 지금까지는 괜찮아. 그렇지, 아이나?"

"응응! 보다시피 멀쩡해."

그렇다면…… 다행이지만.

이랬는데 며칠 후에 두 사람 중 어느 한 쪽이…… 혹은 둘 다 앓아눕기라도 하면 정말 미안함에 몸 둘 바를 모를 것 같았다.

그 후에는 내가 먼저 말하지 않는 한 두 사람도 말을 아꼈다.

그런 식으로 여유로운 시간을 보내다가, 문득 두 사람에게 물어보고 싶은 것이 떠올랐다.

"아리사, 아이나."

"뭐야?"

"왜애~?"

"두 사람은…… 장래에 혹시 하고 싶은 일이 있어?"

물어보고 싶은 것, 그것은 바로 장래에 관한 것이었다.

두 사람에게 어울리는 사람이 되고 싶어서 나도 공부를 열심히 하고 있긴 하지만, 명확하게 장래에 어떤 것을 하고 싶다는 그림은 아직 선명하지 않았다.

대학 진학이라거나, 그보다 더 먼 미래의 이야기…… 사회인이 되었을 때 어떤 모습의 자신을 상상하고 있는지를 묻고 싶었다.

"갑자기 진지한 이야기로 넘어갔네."

"아하하, 그렇지만 장래라면…… 난 제대로 생각하고 있어!"
아이나 쪽을 바라본 채 그녀의 말을 기다렸다.
과연 그녀는 어떤 미래의 그림을 그리고 있을까——.
"하야토 군의 아내!"
함박웃음과 함께 나온 그 말에, 나는 동요하지 않았다.
왜냐하면 예상했던 말이기도 했고, 나 자신도 그 말을 듣고 기뻤으니까.
"좋아요, 평생직장으로 삼아주시길 바랍니다."
"네~♪"
아이나가 씩씩하게 손을 들고 대답했다. 그리고 내가 원하던 대답도 제대로 갖고 있었던 모양이었다.
"나는 있지, 모델과 관련된 일을 하고 싶어."
"오오……!"
그야말로 아이나와 딱 맞는 일 아닌가!
원래부터 미소녀라는 것은 두말할 필요도 없는 일이고, 나올 곳은 나오고 들어갈 곳은 들어간 끝내주는 몸매까지 자랑한다.
어떤 포즈라도, 어떤 복장이라도 반드시 그림이 되겠지…….
반드시 이뤄질 것이라 단언할 수 있을 정도의 미소녀—— 그것이 바로 아이나니까.
"잠깐…… 그러고 보니 모델 얘기, 최근에 어디서 들은 것 같은데."
"바다에서 만난 그 사람 말하는 거 아냐?"

"……아, 맞아, 그거!"

사키나 씨의 지인이자 별장을 빌려준 여성.

확실히 그 사람은 꽤 큰 규모의 의류 매장을 운영하고 있다고 들었다. 언젠가 아리사와 아이나를 홍보 모델로 써보고 싶다는 얘기도 했었다.

처음 만난 나에게도 잘 대해 주셨고, 좋은 사람이라는 건 한눈에 알 수 있었다.

"그분…… 스오 씨는 엄마는 물론, 나랑 언니한테도 잘 대해 주시는 분이야. 하지만 그때 보니까 하야토 군도 꽤 마음에 들어하는 것 같더라."

"그런가? 그렇게까지 인상에 남을 만한 대화를 주고받지는 않은 것 같은데."

초면치고 확실히 좋게 봐주셨다는 느낌은 있었지만…….

그때의 일을 떠올리는 내게 아리사가 말을 이었다.

"스오 씨는 아마 하야토 군을 꽤 좋아할 거야. 왜냐하면 엄마가 하야토 군에 대한 이야기를 자주 하시니까."

"아하."

"엄마와 스오 씨는 거의 절친이라고 해도 될 정도로 가깝거든. 그렇게 친한 엄마가 언제나 웃으면서 얘기하는 남자애니까 스오 씨가 마음에 들어하지 않을 이유가 없지."

그렇다면 기쁘지만…… 아, 얘기가 옆길로 샜네.

아이나는 모델 일을 하고 싶다고 했는데, 아리사는 무슨 일을 하고 싶을까.

“난 말이지…… 아이나처럼 모델을 할 생각은 없지만, 그래도 엄마의 일을 돕고 싶은 마음은 있어.”

“그렇다면 디자인 쪽…… 아니면 단순히 가게 일 자체를 돕고 싶다는 건가?”

“비슷해. 계속 여자 혼자의 힘으로 우리를 길러주셨으니까, 엄마의 곁에서 그 보답을 하고 싶어.”

“……그래…… 다정한 바람이네.”

아리사다운 상냥함이 배어 있는 그 말에 그만 코끝이 찡해졌다.

내 사정 때문이기도 하겠지만, 나는 특히 가족의 화제에 잘 공감하는 편이었다. 무슨 일이 있으면 마음이 가고 신경이 쓰였다.

사키나 씨 일도 그렇지만, 얼마 전에 카이토네 아주머니가 사고를 당했던 일도 마찬가지다.

“언니는 옛날부터 그랬지. 일한다면 꼭 엄마 곁에 있고 싶다고…… 어떻게든 도움이 되고 싶다고 했었잖아.”

“…….”

“그 얘길 했던 게 초등학생 때쯤인가……? 하야토 군?”

“왜 그래?”

“우, 울고 있는데?!”

“……엇?!”

아무래도 감정이 북받친 나머지 눈물이 흐른 모양이었다.

근처에 놓여 있던 티슈를 뽑아 눈물을 닦으면서 겸사겸사 콧물도 깔끔히 닦았다.

"아, 미안, 미안. 가족 이야기만 나오면 나도 모르게…… 훌쩍."

"……후훗, 하야토 군이 너무 상냥해서 그래."

"하지만 그것도 우리가 좋아하게 된 하야토 군의 모습이지♪"

그렇게 말해 주는 것이 정말로 기뻤다.

하지만 나에게 그런 말을 해 주는 너희 역시, 내가 정말 좋아하는 소중한 사람들이야.

"그래…… 두 사람 다 제대로 생각하고 있구나."

"하야토 군은?"

"알려줘!"

"나는……."

내가 먼저 물어봤으니 질문을 받을 가능성도 생각하고는 있었다.

하지만 진학에 관한 이야기라면 몰라도, 그 앞의 미래에 대해서는 솔직히…… 아직 아무것도 생각하지 않았다.

눈을 감고 열심히 쥐어짜보려고 노력했지만, 역시 떠오르지 않았다.

두 사람의 대답을 들었으니 나도 뭔가 말을 해야 하는데…… 그렇게 끙끙댄 것이 문제였을까. 또다시 급격하게 머리가 뜨거워지며 정신이 멍해졌다.

"스톱, 하야토 군!"

"우리가 괜히 고민하게 만들어서…… 미안해애애애!"

"아니…… 나도 내가 환자라는 걸 중간부터 잠깐 잊고 있었어."

혹시나 싶어 열을 측정했더니 상태가 더욱 악화되고 말았다. 역시 방심은 금물이라는 생각에 깊이 반성했고, 다시 돌아온 사키나 씨에게도 셋이 사이좋게 꾸중을 들었다.

"하여간 못말려……. 그래도 크게 혼낼 일은 아니지. 하야토 군도 그렇고, 아리사와 아이나도 누구보다 잘 알고 있을 테니까."

"네……."

"읏, 반성할게요……."

내 열이 다시 오른 것과 사키나 씨의 꾸중에 풀이 잔뜩 죽은 아리사와 아이나는 명예를 회복하겠다며 기합을 넣고 집안일을 하기 위해 방을 나갔다.

"……애초에 제가 먼저 말을 꺼낸 게 발단이었어요."

"그렇군요, 그럼 이번 일은 하야토 군의 잘못이겠네요?"

"윽……."

"후후."

사키나 씨의 의미심장한 미소가 무서워……!

하지만 역시나 늘 느끼는 것은, 사키나 씨가 풍기는 분위기는 무척 온화하고 다정하다는 것.

진심으로 크게 혼난 적도 없고 그런 모습을 상상할 수도 없었다. 언젠가 사키나 씨가 분노한 모습을 보게 될 날이…… 응, 안 오는 편이 좋겠지. 그럴 일이 없도록 노력하자.

"……."

"하야토 군?"

잠옷을 통해 느껴지는 찝찝함에 그만 몸을 떨었다.

열이 오른 탓에 땀을 제법 흘려서 그런지, 잠옷에 스며든 땀이 식으며 이루 말할 수 없는 불쾌함이 느껴졌다.

"……아, 그렇군요. 잠시만 기다려 주세요."

"사키나 씨?"

짝 손뼉을 친 사키나 씨가 갑자기 방을 나갔다.

그러더니 곧 새 잠옷과 속옷, 그리고 뜨거운 물에 적신 목욕 수건을 가져왔다.

"혹시……."

"예전에 제가 받았으니까요. 물론 아리사와 아이나도 하고 싶어했지만 제가 이겼어요♪"

"그렇군요……."

낮에도 비슷한 일이 있었구나 싶어 데자뷔가 느껴졌다.

하지만 이렇게 이것저것 준비해 주셨으니, 그 마음을 생각해서라도 의지하기로 하자……. 이거, 의지해도 되는 상황 맞지?

"그럼 하야토 군, 벗어주세요."

"네."

시키는 대로 잠옷을 벗었다.

등을 수건으로 닦아주는 감각이 기분 좋아서 후우, 하는 숨을 내쉬며 사키나 씨에게 몸을 맡겼다.

"아아…… 훌륭한 몸이야…… 남자아이의…… 남성의 몸."

등 뒤에서 들리는 그런 목소리에 괜히 심장이 두근거렸다.

짐작이지만 아마도 혼잣말 모드에 들어간 것 같았다. 여기서는 굳이 다 들린다고 지적하면 오히려 서로 더 어색해지겠지.

말뿐만 아니라 숨결까지 섞여서 말로 형용하기 힘든 어른스러운 향기가 방 안에 감돌고 있다……!

"등은 다 닦았어요. 이쪽으로 돌아주세요."

"……네."

빙글 몸을 돌려 사키나 씨와 정면으로 마주보았다.

등과 마찬가지로 어깨에서 가슴, 배까지 쓰다듬듯이 닦아주는데, 이러고 있으니까 왠지 지금보다 훨씬 더 어린아이로 돌아간 듯한 기분이 들었다.

지금 내 모습을 보면 엄마랑 아빠는 어떤 반응을 보일까……?

『그건 내 역할이야!』

『자, 잠깐, 진정해, 카스미!!』

눈을 감자 그런 환청 같은 부모님의 목소리가 들리는 것 같아 나도 모르게 쓴웃음을 지었다.

"왜 그러세요?"

"아니요, 잠깐 부모님 목소리가 들린 것 같아서요."

"어머, 궁금하네요. 뭐라고 하셨나요?"

"엄마가 그건 내 역할이라고 소리치고, 아빠가 그런 엄마를 달래고 있는 느낌이랄까요."

"그렇군요……. 제가 두 분께 좀 미안한 일을 하는 셈이네요."

그렇게 말하면서도 이야기에 맞장구치는 사키나 씨의 얼굴도 즐거워 보였다.

상반신을 다 닦은 뒤 하반신은 내가 직접 했지만, 거기까지도 사키나 씨가 닦아주려 했던 것은 굳이 언급하지 않겠다.

"그리고 이렇게 갈아입을 잠옷이나 팬티가 있는 것도…… 뭔가 이 집의 일원이 된 느낌이 들어서 좋아요."

"어머나, 기쁜 말을 해 주네요."

"게다가……."

"게다가?"

"……아니요."

그녀가 몸을 닦아주는 동안 떠오른 생각을 무심코 입밖으로 말하려다가, 역시 부끄러움이 이겨서 그대로 삼켜버렸다.

그러나 듣지 못한 사키나 씨는 무척 궁금한지, 입밖으로 말하진 않았아도 눈이 말해 달라고 말하고 있었다.

"……그, 아까 몸을 닦아 주셨잖아요."

"네."

"그때, 지금보다 훨씬 더 어린 시절로 돌아간 기분이 들어서…… 감기가 아니었다면 눈앞의 사키나 씨를 껴안고 응석부리고 싶다는 생각이…… 들었어요."

"그걸 왜 참아야 하죠? 하죠, 지금 당장."

"자, 잠깐?!"

바로 붙잡혀서 가슴팍에 폭 안겼다.

압도적인 포용력과 온기, 그리고 무엇보다 달콤한 향이 코를 통해 안쪽까지 파고들었다.

사키나 씨가 주는 모든 것이 나를 진정시켜준다. 거기서 그치지 않고, 앞으로도 계속 이렇게 있고 싶은…… 의존하고 싶은 마음이 고개를 들었다.

"감기…… 옮을지도 모르는데요?"

"음, 어쩐지 괜찮을 것 같아요."

"왜요?"

"이럴 땐 감기가 옮지 않을 거라는…… 이유 없는 확신이 있거든요."

"……그럼 잠깐만 이러고 있어도 될까요?"

"물론이죠."

그렇다면 지금만큼은 마음껏 사키나 씨에게 응석을 부려볼까.

특별히 머리가 더 멍해지거나 몸이 달아오르며 컨디션이 악화되려는 기미도 없었기에, 이대로는 안 된다고 생각하면서도 어리광 부리는 것을 멈출 수 없었다.

"감기에 걸리면 평소보다 어리광이 많아지나 보네요."

"이런 상황에서는 누구라도 그럴 걸요……. 아리사나 아이나도 그렇지만, 사키나 씨는 모성 파워가 너무 강력해요."

"우후후, 지금의 모성은 당신 한정이에요."

"사키나 씨~……."

"착하다, 하야토 군은 정말 착한 아이에요."

아아…… 마음이 어려진다…… 이대로는 정말 아기가 될 것 같아…….

그런 한심한 소리는 입밖에 내지 않았지만, 속으로 그런 생각을 하며 한동안 사키나 씨에게 계속 응석을 부렸다.

"아, 맞다. 실은 사키나 씨가 안 계신 동안 두 사람과 장래의 일에 대해서 이야기를 나눴어요."

"그런가요?"

"네…… 둘 다 제대로 된 미래를 생각하고 있더라고요. 저한테도 물어봤는데, 제대로 대답하지 못했어요."

뭐, 정확히는 생각하다가 머리가 과열된 것이지만.

"두 사람은 뭐라고 하던가요?"

"아리사는 사키나 씨 곁에서 일을 도와주고 싶다고 했고, 아이나는 모델 일을 하고 싶다고…… 하지만 똑같이 사키나 씨에게 힘이 되고 싶다고 했어요."

"그래요…… 예전과 변함이 없네요."

"……지금 단계에서 하고 싶은 일을 확실하게 정한 걸 보고 대단하다고 생각했어요."

그때도 생각했지만, 아직 시간은 많았다.

하지만 나와 누구보다 가까운 그녀들의 생각인 만큼, 어쩐지 조금 뒤처진 듯한 느낌이 들었다.

"둘 다 제게 힘이 되어주고 싶다고 계속 말해 왔어요. 제가 그 아이들을 키우는 건 부모로서 당연한 일이고…… 전 그런 당연한 일을 계속 해 왔을 뿐이지만요."

"어느 가정이든 비슷하겠지만, 자신의 아이에게 얼마나 사랑받는지가, 결국 그 아이를 얼마나 사랑했는지를 보여주는 거라 생각해요."

"……."

"그 두 사람을 보고 있으면 사키나 씨가 얼마나 큰 애정을 갖고 길러주셨는지 절절할 정도로 보여요. 뭐, 새삼스러운 일이고, 어린애가 주제넘게 할 소리는 아니지만요."

이렇게 계속 주절거리는 동안에도 내 얼굴은 사키나 씨의 가슴골 사이에 끼어 있었다.

그래서 어떤 표정을 해도 들키지 않는 것은 다행이었지만…… 내 말에도 한동안 대답이 돌아오지 않아 조금 불안해졌다.

"……?"

천천히 가슴골에서 얼굴을 들어올리자, 사키나 씨는…… 멍한 얼굴로 얼굴을 붉히고 있었다.

"사키나 씨……?"

이름을 부르자, 사키나 씨가 양손으로 나의 얼굴을 감쌌다.

그대로 서서히 얼굴이 가까워져 설마 키스라도 하는 건가 싶었지만, 그런 일은 당연히 일어나지 않았다.

"정말…… 당신은 절 기쁘게 하는 말만 골라 해 주네요…… 후후, 내가 딸들과 같은 나이였다면 틀림없이 당신을 사랑하게 됐을 거예요."

"윽……."

키스는 하지 않았지만, 더욱 파괴력 있는 말을 듣고 말았다.

급격하게 몸속에서 열이 끓어올라 눈을 마주칠 수 없게 된 나는 스스로 사키나 씨의 가슴팍에 얼굴을 파묻었다.

"안 돼요, 좀 더 얼굴을 보고 싶어요."

실패했다, 도망가지 못했어!

말로 형용할 수 없는 묘한 공기 속에서 사키나 씨와 다시 한번 시선을 마주했다.

이러다가…… 정말 키스까지 가는 거 아닐까? 제대로 돌아가지 않는 머리로 그런 생각을 한 순간, 지옥 저편에서 울리는 것 같은 싸늘한 목소리가 들려왔다.

"뭘 하는 거야아~?"

"윽?!"

"꺅?!"

우리는 빠르게 몸을 떼고 소리가 난 쪽으로 눈을 돌렸다.

문을 열고 이쪽을 들여다보고 있던 것은 아이나였다. 그녀는 나와 사키나 씨를 번갈아 바라보며 입을 열었다.

"아까는 그러지 말라고 우리를 혼냈으면서…… 엄마는 뭘 하는 걸까냥?"

"아, 아이나……?"

"……."

어미가 냥으로 끝난 것은 귀여웠지만, 풍기는 분위기는 숨 막

힐 정도로 강력했다.

그 사키나 씨가 겁을 먹고 내 등에 숨어버렸을 정도로…… 굳이 말하자면 이전에 후배의 고백 소동이 있었을 때와 맞먹는 위압감이었다.

그러나 곧 아이나는 장난스러운 얼굴로 피식 웃었다.

"……뭐, 엄마의 마음은 이해하지만. 안 그래도 사랑해 마지않는 하야토 군이 그렇게 어리광을 부리면 참을 수 없지."

"마, 맞아, 아이나! 더는 참기 힘들어서…… 그리고 자꾸 기쁜 말만 해 주니까 모성이 넘쳐서 어쩔 수 없었어!"

"알지! 완전 알지! 돌봐주는 건 당연한 일이고 또 내가 해 주고 싶어서 하는 건데, 하야토 군은 늘 상냥한 미소로 감사의 말을 전해 주잖아. 어떻게 좋아하지 않을 수 있겠어!"

마치 소녀들처럼 꺅꺅거리며 아이나와 사키나 씨는 한마음이 되어 서로를 끌어안았다.

그렇게 잠시 소란스러운 신조네의 분위기가 돌아왔지만, 저녁을 다 먹은 후에는 또 나 혼자만의 조용한 시간이 찾아왔다.

"내일까지는 꼭 낫고 싶은데…… 부탁 좀 할게, 내 몸아."

하루빨리 나아서 평소의 나로 돌아가고 싶었다.

솔직히 말하자면 아리사나 아이나랑 마음껏 꽁냥거릴 수 있는 일상으로 돌아가고 싶다…… 사키나 씨에게 마음껏 어리광부릴 수 있는 나날로 돌아가고 싶다!

"하지만…… 감기에 걸려서 걱정을 끼친 건 미안했지만, 동시에 세 사람의 애정을 더없이 느낄 수 있었어."

이런 상냥함을 느낄 수 있다면 가끔은 감기에 걸리는 것도 나쁘지 않겠네. ……안 될 소리지. 기쁘긴 하지만, 그녀들에게 걱정을 끼치고 싶지는 않다.

"걱정은 받는 것보다 하는 쪽이 좋아…… 그리고 언제나 그녀들을 지켜줄 수 있는 내가 되고 싶어——. 언제라도 그녀들이 기댈 수 있는 남자가 되고 싶어."

가슴을 펴고 그렇게 말할 수 있는 날은 과연 언제가 될까…… 아직은 멀기만 하구나.

"……응?"

그때 문득 방문이 살짝 열려 있다는 것을 깨달았다.

방에 들어왔을 때 분명 닫은 것 같은데…….

"읏차…… 좋아, 완벽해."

그리고 다시 침대에 누웠다.

아직 8시라서 자기에는 한참 이른 시간이지만, 엄청난 수마가 단숨에 밀려왔다.

이 졸음에 몸을 맡기면 기분 좋게 잘 수 있을 것 같았고, 분명 내일이면 완전히 나을 수 있을 거라는 확신이 들었다.

"잘 자…… 그리고 고마워."

마지막으로 그렇게 말한 후, 나는 깊은 잠에 빠져들었다.

▶▷

"푹 쉬어, 하야토 군."
"잘 자, 하야토 군."
하야토 군이 잠든 방 앞에서 나와 아이나는 잘 자라는 인사를 건넸다.
사실은 얼굴을 보고 직접 말하고 싶었지만, 일찍 잠에 들었으니 어쩔 수 없었다.
"……."
아니…… 자기 전에 딱 한 번만 하야토 군의 얼굴을 보는 정도라면…… 안 되려나?
내 방으로 돌아가려던 발이 딱 멈추고, 하야토 군이 잠든 방의 문에서 시선을 떼지 못했다.
"언니, 방으로 가자?"
"……응."
아이나는…… 나만큼 심하지는 않구나.
하야토 군이 참을 수 없이 걱정되고 사랑스럽게 느껴진다고는 해도…… 어쩌면 내가 아이나보다 더 하야토 군에게 의존하고 있는 것은 아닐까?
"……어머?"
아쉬운 마음을 꾹 누르고 방으로 돌아가려던 찰나, 깨달았다.
나에게 방으로 돌아가자고 말한 아이나는 그 자리에서 움직이지 않고 한 곳을 뚫어지게 바라보고 있었다.

말할 것도 없이 하야토 군의 방이다.

"아이나, 너도 남말 할 처지는 아니네."

"아하핫! 딱 걸렸네!"

혀를 쏙 내미는 아이나의 행동은 정말이지 계산적일 정도로 귀여웠다.

남자뿐만 아니라 여자도 이 행동에 넋을 놓는 광경을 지금까지도 몇 번이나 봐왔다.

무뚝뚝한 표정이 많은 나와는 달리 아이나는 정말 표정이 풍부하고 사랑스러웠다.

만약 하야토 군과 만나지 않았더라면, 나는 이 아이를 지키는 동시에 더더욱 애지중지하게 되지 않았을까?

"……잠깐만."

"왜?"

방으로 돌아가는 것까지는 좋은데…… 왜 내 방으로 오는 거야?

아이나는 '뭐 어때~' 하면서 내 침대로 뛰어들었고, 베개를 꽉 끌어안고 이쪽을 올려다보았다.

"하야토 군, 내일이면 괜찮아질까?"

"분명 그럴 거야. 아까도 꽤 좋아 보였으니까."

낮에 봤을 때는 몰라도 아까 본 모습이라면 내일은 괜찮을 것 같았다.

다만 낫기 직전이 가장 방심하면 안 되는 시기이기도 하니까, 만일 내일 건강하게 일어났다고 해도 아이나와 함께 하야토 군이 너무 무리하지 않게 감시해야지!

"……하아."

하야토 군은 이제 괜찮다는 것을 아이나도 분명 알고 있을 것이다.

그런데도 깊은 한숨을 내쉬고 눈꼬리를 축 늘어뜨리고 있다……. 그 마음은 누구보다 이해했다.

"걱정할 일 없다는 건 나도 알아……. 다만 하야토 군과 한 지붕 아래에 함께 있는데 옆에 있을 수 없다는 게…… 좀 속상할 뿐."

"……아이나."

"언니도 똑같아?"

나는 조금 생각한 뒤, 고개를 끄덕였다.

"감기에 걸린 건 어쩔 수 없어. 언제든 하야토 군을 만날 수 있고 목소리도 언제든 들을 수 있어……. 하지만 이렇게나 가까이 있는데 다가갈 수 없게 막는 감기가, 더없을 정도로 미워."

"와…… 나랑 똑같아♪"

만약 하야토 군을 괴롭히는 감기라는 존재가 실체를 갖고 있었다면, 나는 분명 그것이 흔적도 남지 않을 때까지 계속 미워했을지도 모른다.

"……후훗."

"에헤헤."

도대체 무슨 이야기를 하는 건가 싶어 동시에 웃음이 터졌다.

나는 침대에 누워 있는 아이나에게 다가가 그녀의 뺨을 부드럽게 쓰다듬었다.

"간지러워~."

"어머, 싫어? 싫으면 그만할게."

"잠깐, 그건 너무 극단적인 거 아냐?! 난 언니한테 그런 말 들으면 울거든?!"

"농담이야, 그리고 안심해. 네가 날 싫어하지 않는 한 그런 말을 안 할 거니까."

"그럼 그런 날은 절대로 오지 않겠네♪"

그러게, 하며 나도 다시 미소를 지었다.

그러자 아이나가 몸을 일으켜 등 뒤에서 나를 끌어안더니…… 가슴 쪽으로 손을 가져왔다.

"넌 정말…… 늘 뒤로 오면 꼭 이러지."

"기분 좋은걸. 언니 가슴 만지는 거."

한숨을 쉬면서도 나는 굳이 떼어내지 않았다.

이것 또한 귀여운 여동생과의 대화 중 하나니까…… 그저 내가 동생에게 약한 것뿐이겠지만.

"이제 잘 일만 남았는데…… 밤이니까 좀 야한 수다라도 떨까?"

"……그럴 줄 알았어."

야한 수다…… 요즘 계속하고 있지만 말이지.

최근 하야토 군과 몸을 겹친 일로 벽을 하나 넘어서면서, 마음 역시 더욱 강해졌다.

그 영향인지는 모르겠지만, 자극적인 대화도 더 늘어난 기분이었다.

“나도 그렇지만 언니도 몸이 예민해진 거 아냐? 하야토 군이 살짝만 만져도 바로 느끼잖아?”

“그건 예전부터 그랬어. 하야토 군이 근처에 있기만 해도 심장이 두근거리고, 자꾸만 떠올라서 흥분되고…… 앗.”

“지금 떠올렸지? 여기, 이렇게 단단해졌잖아.”

아이나가 가슴을 쿡쿡 찌를 때마다 몸에 자극이 느껴지며 몸이 떨렸다.

그렇지 않다고 부정할 수 없을 정도로, 하야토 군만 생각하면 내 몸은 솔직하게 반응하게 되었다……. 하지만 싫지는 않았다.

왜냐하면 이 몸은 하야토 군의 것이고, 하야토 군을 기쁘게 하기 위한 거니까…… 아, 그렇게 생각하니까 더 흥분돼♡

“그러는 너는 어때?”

“자, 잠깐, 언니?!”

나도 복수하듯 아이나의 가슴에 손을 가져갔다.

몸의 흥분을 알려주는 알기 쉬운 변화는 그녀의 몸에도 똑같이 나타났고…… 그것을 살짝 강하게 꼬집자, 아이나의 입에서 요염한 소리가 튀어나왔다.

“복수야.”

“읏…… 하야토 군 때문에 약해졌어!”

후훗, 그건 피차일반이지.

심지어 아이나와 이런 대화를 나누는 와중에도 내 머리는 온통 하야토 군으로 가득 차버린다. 이전보다 더더욱 하야토 없이는 살 수 없는 몸이 되어버렸다.

하지만 그것이 하야토 군에게만 헌신하는 신조 아리사라는 여자…… 하야토 군과 만나고, 몸을 겹치고, 뼛속까지 마음을 빼앗긴 여자의 당연한 수순이었다.

"오늘은 좀 더 이 방에 있을래. 언니랑 좀 더 꽁냥대고 싶기도 하고♪"

"가끔 오는 어리광 많아지는 시기인가 보네……. 뭐, 마음대로 해."

"상냥한 언니 너무 좋아!"

그렇게 한동안 아이나와 놀아주었고, 얼마 지나지 않아 그녀가 곯아떨어지며 다시 조용해졌다.

네 방으로 돌아가라고 말해 주고 싶었지만, 이렇게 곤히 잠든 아이나를 깨우는 것도 미안했다.

"잘 자, 아이나."

하야토 군 꿈이라도 꾸고 있는 것인지, 잠든 채로 히죽히죽 웃고 있는 아이나.

그런 그녀에게 미소를 지으며 나도 옆에서 눈을 감았다.

"두 사람 다 좋은 아침이야!"

"아, 좋은 아침, 하야토 군!"

"나왔구나!"

다음 날 아침, 하야토 군은 무사히 완쾌되어 건강한 모습을 보여주었다.

"아, 오늘부터 학교네."

아침에 눈을 뜨자마자 내가 뱉은 첫마디였다.

즐거운 추억을 잔뜩 만든 여름 방학이 끝났다.

이게 무엇을 의미하는가. 바로 새 학기의 시작을 의미한다.

오랜만에 반 아이들을 만날 생각에 설레는 마음이 있다.

하지만 방학 동안 느낀 자유로운 시간 탓인지, 새삼 학교가 조금 귀찮다는 생각이 들었다.

"새 학기 첫날부터 이러면 안 되지…… 좋아, 기합을 넣자!"

상체를 벌떡 일으킨 뒤 뺨을 짝! 하고 강하게 때렸다.

"……아파라."

너무 세게 때렸다.

덕분에 잠에서 완전히 깼기 때문에 바로 아침을 먹고 등교 준비를 시작했다.

아침밥 하면 역시 오차즈케!

전자레인지에 데운 흰 쌀밥에 오차즈케 재료를 넣고 뜨거운 물을 부으면 최고의 오차즈케가 완성된다.

간단하면서도 최고로 맛있는 아침 식사를 마치고 등교 준비를 마친 뒤 집을 나섰다.

"하아…… 여전히 덥네."

여름 방학은 끝났지만, 여름의 더위는 남아 있다.

밤에는 창문만 좀 열어두면 그럭저럭 시원하지만 그래도 아직은 에어컨이 필요한 수준이었다.

"좋아, 좀 더 가면 약속 장소에 도착하겠다."

만날 상대는 아리사와 아이나 두 사람이 아니라 소타와 카이토였다.

그녀들과는 또 내일 아침부터 함께할 생각이지만, 오늘은 오랜만에 만나는 것이기도 해서 남자들끼리 시간을 맞췄다.

"벌써 와 있네, 좋은 아침~!"

손을 흔들며 다가가자 두 사람 모두 이쪽을 알아차리고 손을 흔들었다.

"왔냐."

"굿모닝!"

이렇게 모이는 것도 꽤 오랜만이다.

우리는 걸으면서 곧바로 여름 방학에 뭘 하면서 보냈는지를 이야기했다.

두 사람 모두 여름 방학을 만끽했다고 한다. 가족 여행도 다녀왔다고 했다.

"하야토는 어땠어?"

"자매랑 보낸 달달한 스토리 좀 들려줘봐~."

"진짜로 듣고 싶어……? 좋아! 나는 말이지!"

물론 시시콜콜한 일까지 모두 말할 생각은 없지만, 그녀들과 보낸 행복했던 나날을 살짝만, 마치 이야기 보따리를 풀듯이 전해

주었다.

“뭐, 도중에 감기에 걸리기도 해서 폐를 좀 끼친 날도 있었지만.”

폐라고 말하면 혼나겠지만…… 그래도 보살핌을 받은 것은 솔직하게 기뻤다.

그때의 일이 떠올라 나도 모르게 씩 웃었는데, 그런 내 표정을 놓칠 두 사람이 아니었다. 강하게 와락, 아니, 조금 아플 정도로 강한 힘으로 어깨동무를 했다.

“호오~ 아주 근사한 간병을 받으신 모양이네?”

“아주 리얼충이 다됐군. 나도 가슴 크고 야한 여친이 갖고 싶은데!”

야!

아침 등굣길부터 큰 소리로 그런 말하지 말라고!

“하아…… 새 학기 첫날부터 무슨 소란이야.”

“너 때문이잖아.”

“자랑하니까 그렇지!”

“너희가 물어본 거잖아!”

정말 피곤한 새 학기의 시작이었지만, 우리 세 사람 모두 웃고 있었다는 것은 두말할 필요도 없었다. 동시에 평범했던 날들이 돌아왔다는 증거이기도 했다.

역시 오랜만에 만난 탓에 대화는 끊이질 않았고, 학교에 도착할 때까지 우리는 계속 수다 삼매경에 빠져 있었다.

“그럼 이따 보자.”

"오케이~."

"그래."

교실에 도착해 일단 헤어진 뒤 나는 내 자리로 갔다.

이미 아리사가 옆자리에 앉아 있었고, 아이나의 모습도 보였다.

"어머, 좋은 아침이야, 하야토 군."

"안녕, 하야토 군♪"

"응. 좋은 아침, 두 사람 다."

당연하지만 교복 차림의 이들을 보는 것도 여름 방학 이후로 처음이었다.

이렇게 둘이 함께 있다는 것은 곁에 다른 친구들도 몰려 있나는 뜻이었고, 덕분에 교실의 공기는 무척이나 떠들썩했다.

'역시…… 다들 보고 있네.'

아리사와 아이나를 향한 시선이 많다.

이미 여름 축제 때에도 느낀 것이지만, 이전에 비해 압도적인 정도로 흘러넘치는 페로몬 같은 매력에 동급생…… 특히 남학생들의 시선은 거의 반쯤 고정되어 있었다.

'뭐, 이것도 잠깐이겠지만……. 내가 더 긴장해야겠네.'

학교에서 별일이야 없겠지만, 그래도 경계는 게을리할 수 없을 것 같았다.

"근데…… 진짜 너희 둘 뭐 했어?"

"피부도 좋아지고 머릿결도 엄청 부드러워지고…… 분위기도 좀 섹시해진 데다 가슴도 좀 커진 것 같은데?"

“그치? 나도 그렇게 생각했어! 대체 무슨 일이 있었던 거야!”

저기…… 일단 옆에 남친인 제가 있습니다만.

물론 그렇게 큰 소리로 말하진 않았고, 힐끔거리는 애들이 있긴 해도 다들 방학 이후의 재회를 즐기느라 이 대화를 들었을 것 같지는 않지만.

조례 시간이 가까워지며 반 아이들 대부분이 등교를 마쳤고, 교실 안은 더욱 시끌벅적해졌다.

“새 학기부터 다들 기운이 넘치네! 좋은 아침이다~!”

“안녕하세요~!”

“선생님 굿모닝~!”

선생님이 들어오자 다른 반 학생들은 자신의 반으로 돌아갔다.

아이나도 인사한 뒤 등을 돌렸지만, 교실을 나가기 직전 살짝 돌아보며 미소와 함께 손을 흔들어주었다.

“선생님…… 왜 머리가 없어요?”

“삭발한 거지 머리는 있어! 아직 벗겨질 나이는 아니야!”

“우리 아빠는 선생님이랑 비슷한 나이인데 한 올도 없던데요.”

“그만. 그리고 그런 말은 가슴에만 담아두는 거다.”

새 학기부터 죽이 척척 맞는 콩트에 교실은 웃음바다가 되었다.

나도 아주 조금 웃어 버렸지만, 가능하다면 머리 고민은 평생 하지 않고 살고 싶었다.

“자자, 다들 여름 방학은 즐겁게 보냈나? 오늘부터는 등교 시작이니까 계속 방학 기분으로 있으면 안 된다.”

과연 그 말은 몇 명의 학생에게 박혔을까.

어깨를 흠칫 떨거나 성대한 한숨을 내쉬는 등 다양한 반응을 보이는 학생들에게 선생님도 그 마음은 이해한다며 쓴웃음을 지었다.

"공부도 물론 중요하지만, 우리 학교는 여름 방학이 끝나면 바로 시작하는 행사가 있다!"

선생님이 분필을 집어 들고 칠판 쪽으로 몸을 돌렸다.

큼지막하게 쓰인 것은 '체육제'라는 글자.

"2주 뒤에 체육제가 있다! 출전 종목도 정해야 하고 연습도 해야 해서 수업 외에도 일정이 빡빡하니 정신 바짝 차려라!"

그 말에 또 작게 환호성이 터졌다.

여름 방학 전 구기 대회도 그랬지만 체육제 역시 전교생이 참여하는 거대 행사이자 축제였다.

"체육제…… 그러고 보니 그게 있었지."

"어머, 잊고 있었어?"

솔직히 말해 머릿속에서 빠져 있었다.

'올해는 작년과 다르게 아리사, 아이나와 함께 보내는 체육제야.'

그렇게 생각하면 작년보다 훨씬 더 많은 추억을 남길 수 있는 체육제가 될 것 같았다.

아리사와 아이나…… 두 사람이 소중한 존재가 된 뒤로 찾아오는 일상은, 무슨 일이든 내 마음을 따뜻하게 채워주었다.

그녀들과 보내는 날들은 모두 즐겁다. 그렇게 말하면 끝일지 모르지만, 역시 이런 학교 행사는 진심으로 즐겨야 제맛이겠지!

▶▷

체육제까지 2주가 남았다는 소식에 학생들의 마음은 수업보다는 체육제 쪽으로 기울기 시작했다.

안 그래도 1년에 몇 번 없는 축제 행사, 체육제도 1년에 딱 한 번뿐이었기 때문에 학생들이 들뜨는 것도 무리는 아니었다.

"그럼 지금부터 출전할 종목을 정하겠습니다."

반장과 부반장이 칠판 앞에 서며 출전 종목 회의가 시작되었다.

반장이 진행을 맡았고 부반장이 칠판에 내용을 적어 내려갔다.

종목은 다양하게 있었지만, 전원이 모든 종목에 나가지는 않았다. 많이 나가도 한 사람당 4개 정도일까.

종목 결정에 관해서는 별다른 문제는 없었다. 처음이었던 작년보다는 다들 어느 정도 익숙해진 덕분에 원만하게 정해졌다.

"물건 빌려오기, 이인삼각, 이어달리기라……."

내가 나갈 종목은 이 세 가지로 정해졌다.

물론 앞으로 바뀌거나 늘어날 가능성도 있지만, 일단은 이 참가 종목을 목표로 연습하게 될 예정이었다.

체육제 때는 색을 나눠서 겨루게 되는데, 우리 학교는 학년별로 구분하기 때문에 세 가지 색으로 나뉘어 겨루게 된다.

다른 학교에서는 반별로 나뉘는 경우도 있다고 하는데, 팀이 너무 많아져서 점수 계산이 복잡해지는 것보다는 세 개 정도로 나누는 것이 계산하기는 더 편하겠지……. 진상은 알 수 없지만 어쨌든 우리 학교에서는 세 가지로 색을 나눴다.

"아리사는 장애물 경주에 나가는구나. 그 외에는 나랑 같네?"

"후훗, 하야토 군을 따라서 손을 들다보니 똑같아졌어."

아리사도 나와 출전하는 종목이 거의 비슷했다.

이렇게 되면 연습할 때도 늘 아리사가 곁에 있게 될 텐데, 아이나는 어디에 나갈지 조금 궁금해졌다.

이 자리에 없는 그녀를 생각하는 사이에 이인삼각의 짝을 정하는 시간이 왔고, 거기서 모종의 눈치싸움이 벌어졌다.

"반드시 그런 건 아니지만 기본적으로 이인삼각은 남녀가 짝을 이루게 됩니다. 그럼 어필타임……이 아니라 각자 후딱 정해 주세요."

무슨 어필 타임인데…… 마지막 말은 대충 내던진 것 같고.

아마 출전자인 우리가 정하지 못하면 사다리 타기라도 해서 강제로 정해지겠지.

"……?"

어떻게 할까 속닥이는 여자애들은 둘째치고, 남자애들은 안절부절못하며 주위를 둘러보고 있었다. 그중 몇몇의 시선이 아리사에게 향했지만 정작 아리사는 조금도 개의치 않는 눈치였다.

가만히 그녀를 바라보자 자연스럽게 시선이 교차했다.

"……좋아."

시선이 맞닿은 뒤, 나는 손을 들었다.

"나는 아리사…… 신조와 짝을 하고 싶은데, 괜찮을까?"

"나도 부탁할 생각이었어. 잘 부탁해. 도모토 군."

이것으로 나와 아리사 페어가 정해졌다.

여기저기서 탄식 섞인 한숨이 들린 것도 같았지만, 내가 아리사의 상대를 다른 사람에게 내줄 리가 없지 않은가.

게다가 이인삼각은 상대와 밀착해야 한다……. 나 외의 다른 남자와 밀착한 모습을 보고 싶지 않다는 독점욕도 있었다.

"……아이나는 어떻게 하려나."

문득 떠오른 것을 내뱉자, 아리사가 키득키득 웃었다.

"그 아이는 아마…… 아니, 거의 확실하게 남자와 짝을 이룰 가능성이 있는 종목에는 나오지 않을 거야."

"그런가?"

"잊었어? 그 아이는 나보다 더 남자를 싫어하잖아."

"……그랬지."

새삼 그녀들이 남자를 얼마나 싫어했는지가 떠올랐다.

그녀들의 마음속에 자리할 수 있는 남자는 나뿐…… 그것도 어떤 의미로는 좀 극단적이라서, 나 한정으로는 한없이 무르고 야한 탓에 자꾸만 잊게 된다.

"반이 다르니까 어쩔 수 없다고는 해도, 그 애는 내가 너와 짝이 된 걸 질투하겠지……. 지금부터 어떻게 달래줄지 고민해 봐야겠어."

“나로서는 기쁜 일이지만, 아리사는 좀 고생하겠네.”

“후훗, 그만큼 자랑도 잔뜩 할 거야♪”

살살 부탁해, 라는 생각이 절로 드는 얼굴이었다.

그 후에도 회의는 비교적 순조롭게 진행되었고, 반 아이들 전원의 출전 종목이 모두 정해졌다.

당장 내일이나 모레부터 체육 시간과 방과 후를 이용해 연습에 들어갈 텐데, 그에 앞서 중요한 사항들은 대강 정했다.

“하야토~ 화장실 가자.”

“좋아.”

쉬는 시간이 되자마자 소타와 함께 화장실로 향했다.

시원하게 볼일을 보고 손을 씻고 있는데, 문득 소타가 생각났다는 듯이 입을 열었다.

“그러고 보니, 너 제법이더라.”

“뭐가?”

“신조랑 짝이 된 거 말이야.”

“아…… 뭐, 아리사가 다른 남자랑 짝이 되는 건 싫었으니까.”

“하긴 보고 싶진 않지……. 애초에 너랑 신조가 함께 있는 시점에서 같은 팀은 확정이잖아.”

“뭐…… 그렇지.”

만일 내가 의견을 내지 않았더라도 아마 아리사가 말했을 거라 생각하지만…….

나로서는 그런 자리…… 그러니까 반 아이들의 이목이 집중된 자리에서 당당히 내 의견을 말할 수 있었다는 사실에 자신의 성장을 느꼈다.

"저기, 소타."

"응?"

"나…… 정말 강해진 기분이 들어. 마음이나 정신적인 면에서."

"그래? 오늘 행동을 보니 그런 것도 같다."

그렇게 씩 웃은 소타가, 갑자기 아! 하고 소리를 낸다.

"왜?"

"아니, 신조 여동생 쪽은 괜찮은 건가 싶어서."

역시 소타도 그 부분이 신경 쓰인 모양이다.

"아리사가 자랑한다고 했으니까…… 어쩌면 어딘가에서 달래줘야 할지도."

"역시 그렇게 되는 건가. 뭐, 열심히 해."

"그래야지."

그런 대화를 나누면서 교실로 돌아갔는데, 마침 입구 쪽으로 얼굴을 돌린 아리사가 보였다.

그녀는 입가에 손을 얹은 채 한껏 기세등등한 얼굴을 하고 있었고, 그 표정이 향한 곳은 물론 아이나였다.

"……."

"오, 기세등등한 표정이네."

옆에서 소타가 감탄한 얼굴로 말했다. 정말로 그림에 그린 듯한 기세등등한 표정이었다.

작은 목소리로 힘내라는 격려를 받고 그대로 내 자리로 돌아갔는데…… 마치 타이밍을 계산이라도 한 것처럼 아이나가 입을 열었다.

“흑흑…… 언니 진짜 너무해. 내가 다른 반이라고 그렇게 자랑하다니…….”

“훗훗훗.”

“뭐야, 그 기세등등한 얼굴 진짜 짜증 나는데? 아아, 훌쩍훌쩍, 너무 슬퍼~ 누가 좀 위로해 줬으면 좋겠다~.”

“…….”

이 대사가 누구를 향한 것인지, 그것을 모를 내가 아니었다.

이렇게 된 이상 방과 후에 아이나의 마음을 달래주는 처지가 될 것 같았지만, 그건 그거대로 대환영이었다.

“있지, 들어봐~ 하야토 군~.”

“으엑?!”

그런 아이나의 목소리가 들려온 곳은, 귓가.

주위에 보는 눈이 적지 않았음에도, 그녀는 내 등 뒤에서 몸을 기댄 채 어깨에 턱까지 얹고 있었다.

“자, 잠깐——.”

“점심 먹고 나서 빈 교실로 와 줄래? 기다릴게.”

그런 속삭임과 함께 그녀의 따뜻한 숨결이 귓가에 닿아 간질거렸다.

등에 닿고 있는, 성장이 멈출 기세가 없는 압도적인 탄력감도,

마치 주위에 보여주는 것처럼…… 더 시선을 끌어모으려는 것처럼, 아이나는 가슴을 꾹 밀착시켰다.

"아이나, 슬슬 다음 수업 시작이야."

"네에~."

여기서 들킬 수는 없다. 하지만, 들킨다 해도 별로 상관없지 않을까.

그런 상반된 마음을 느낀 순간, 아리사의 한마디로 상황은 종결되었다.

빠르게 몸을 떨어뜨린 아이나가 나와 아리사를 보고 혀를 쏙 내밀더니 손을 흔들었다.

"그럼 이따 봐~!"

아이나가 교실로 돌아간 뒤 내려앉은 정적 속, 아리사의 커다란 한숨이 울려 퍼졌다.

곧바로 다음 수업 담당이신 선생님이 들어오셔서 자리에 앉았는데, 옆에서 아리사가 즐거운 얼굴로 웃고 있는 것이 보였다.

"무슨 소리를 들었는진 모르겠지만, 아이나를 잘 부탁해."

"그건 문제없지만…… 기세등등한 표정이 감탄이 나올 정도로 멋지더라."

"하필 그러고 있을 때 봤구나. 도저히 참을 수가 없었거든."

"그래?"

"응."

딱히 아이나는 화가 난 것도 토라진 것도 아니었다.

하지만 주위에 보는 눈이 있음에도 나에게 그렇게 바싹 다가와 점심 약속을 받아낼 정도로는, 불만을 느꼈는지도 모른다.

그리고 그런 점심시간은 금세 찾아왔다.

점심을 마치고 곧바로 빈 교실로 향하자 이미 아이나가 와 있었다.

"하야토 군♪"

"이런."

품에 날아든 아이나를 꼭 안아주었다.

그녀의 머리를 쓰다듬으며 둘러본 빈 교실은 여름 방학 전과 별반 달라진 것이 없었다.

"새 학기 시작부터 바로 여길 쓰게 될 줄은 몰랐는데."

"앞으로도 많이 쓰게 될 텐데? 그런 것보다 지금은 날 위로해줘, 하야토 군♪"

"그래그래."

내 손을 잡아 끈 아이나가 그대로 나를 의자에 앉혔다.

그리고 그녀도 내 옆에 놓인 의자에 앉더니 어깨를 찰싹 붙인 채 말을 이었다.

"이인삼각 페어는 그냥 살짝 질투 나는 정도야. 하지만 나도 하야토 군이랑 짝이 되고 싶었어."

"반도 다르고, 둘이 짝을 짓는 종목은 이인삼각뿐이니까."

"응. 그러니까 어쩔 수 없지."

"……."

"음? 왜 그래?"

갑자기 입을 다문 나를 보고 아이나가 고개를 갸우뚱했다.

그래…… 확실히 이번 일의 경우 이인삼각의 짝은 같은 반 안에서 정해지니 아이나와 함께 할 수 없는 것은 어쩔 수 없는 일이다.

물론 예외가 없는 것은 아니지만…… 그럼 만약 아리사와 아이나가 같은 반이 되면…… 어떻게 되는 거지?

"만약의 이야기인데."

"응?"

"아이나도 같은 반이었다면…… 어떻게 됐을까?"

"엥? 그럼 당연히 내가 자원했겠지."

"응, 그건 알지만, 아리사도 있잖아."

"그때는 결판을 내야지."

실로 당연한 이야기를 하는 것처럼 아이나는 그렇게 말했다.

결판을 낸다는 말이 좀 살벌하게 들리긴 하지만, 진짜로 그 비슷한 짓을 할 것 같아서 조금 오싹해졌다.

하지만 그렇게 생각하면 두 사람이 같은 반이 아니라서 오히려 다행……인지도 모르겠네.

"뭐, 이미 결정된 건 어쩔 수 없잖아? 그보다 모처럼 이렇게 둘만 있게 됐으니까."

아이나는 그렇게 말하며 내게 몸을 살짝 기대왔다.

뺨을 물들이고 눈동자를 살짝 촉촉하게 적신 아이나가, 남자를…… 아니, 나를 꿈속으로 유혹하는 몽마 같은 요염함을 풍기며 천천히 가슴쪽 단추를 풀기 시작했다.
"자극적인 거 하자♪"
"윽…… 그러고 보면 아이나, 선을 넘은 뒤로는 전보다 훨씬 더 자극적으로 바뀐 것 같아."
"음~? 그렇게 달라지진 않은 것 같은데, 그래도 전보다 하야토 군을 더 원하게 된 건 맞아."
"……."
"이런 야한 여자는 싫어?"
"아주 좋아합니다. 솔직하게 말하는 건 부끄럽지만, 이런 말을 하는 건 너희뿐이야."
"에헤헷♪"
아이나는 기쁘게 웃어주었지만, 그 표정은 만족의 경지에는 이르지 못했다.
그저 아무것도 하지 않고 함께 보내기만 해도 즐겁지만, 이렇게 가슴 앞의 단추를 풀었다는 것은 자극적인 일을 더 원한다는 아이나의 신호였으니까.
"키스, 할까?"
"응."
살짝 닿기만 하는 키스로 시작해 깊은 키스가 되는 속도도 빨랐다.
서로의 타액이 오가는 듯한 격렬한 키스는 확실히 학교에서 들릴 법한 소리는 아니었다……. 아니, 빈 어두운 교실이라는 상황에서는 그렇게 드물지도 않으려나?

“가슴도 만져줘.”

“이미 만지고 있어.”

미안 아이나, 벌써 만지고 있어.

교복 위로도 압도적인 탄력은 느껴졌지만, 그것을 받쳐주는 속옷의 단단한 감촉이 오히려 아쉬움을 불러일으켰다……. 하지만 내 손의 움직임에 따라 몸을 떨면서 달콤한 목소리를 흘리는 아이나의 모습에 더 없을 정도로 흥분하고 말았다.

“하야토 군의 키스도, 가슴을 만지는 손도 너무 기분 좋아……♡”

“나는 알 수 없는 감각인데, 역시 이렇게 만지기만 해도 기분이 좋아?”

“사람에 따라 다르겠지만, 적어도 나랑 언니는 하야토 군이 만져주는 것만으로도 좋아. 기분이 좋아서 행복이 넘쳐흘러.”

“그렇구나. 만졌을 때 행복해지는 건 나도 마찬가지야.”

그렇다면 더더욱 그녀의 마음에 행복이라는 기쁨을 불어넣어 주고 싶었다.

앞가슴의 단추를 좀 더 풀자 너무나도 야한 오늘의 속옷이 모습을 드러냈다.

그녀들 덕분에 브래지어 타입도 어느 정도 알게 되었고, 푸는 법도 이제는 잘 알고 있었다.

살짝 손가락을 얹어 앞쪽에 있는 후크를 툭 풀었다.

지금까지 단단하게 지탱해 오던 브래지어가 힘을 잃고 그 안에

담겨 있던 커다란 가슴이 출렁거리며 풀려났다.

"……역시 묵직한 무게가 느껴지네."

"으음……♡ 그렇지? 이 큰 가슴은 말이지, 하야토 군을 향한 사랑이 꽈~악 담겨 있거든."

"꽉 담겨 있는 것치고는 너무 말랑거리는데."

"꺄앙♪"

아이나의 가슴을 만지는 손을 멈출 수가 없었다.

아무리 만지고 아무리 주물러도, 분명 만족하고 있을 텐데, 그럼에도 손은 움직임을 멈추지 않았다.

"여름 축제 때도 말했지만, 하야토 군이 도중에 멈추지 않게 된 게 너무 기뻐. 이렇게 내 몸에 만족해 주는 거랑 푹 빠져주는 것도."

"푹 빠질 수밖에 없으니까."

"고마워♪ 그러면서도 이런 자리에서는 상황을 생각해서 이성이 날아가지 않게 참아주는 모습도 멋있어……. 아, 이 사람이 정말 우리를 많이 생각해 주는구나, 하는 게 느껴져."

지금은 틀림없이 야한 상황이 맞았다.

그런데도 가슴속에 따뜻함이 차오르는 이유는, 아이나뿐만 아니라 아리사도 내가 행복해지는 말을 해 주기 때문이다. 정말로 나라는 인간을 얼마나 깊게 이해하고 있는 것일까. 그 사실이 나를 기쁘게 했다.

"더 키스해 줘."

"얼마든지."

가슴을 만지는 손은 멈추지 않은 채 키스를 이어갔다.

나 역시 이럴 때 뭘 하면 좋을지에 대한 지식이 부족하긴 하지만, 우리에겐 우리만의 방식이 있었다.

내가 하고 싶고 동시에 그녀들도 하고 싶은 걸 하는 것이 서로가 가장 기분 좋아지는 방법이었다.

『다음 수업 뭐였지?』

『수학이야.』

『하아, 귀찮다.』

『방과 후에 어디 들르지 않을래?』

『좋아, 가자가자.』

복도에서 들려오는 말소리조차 묘한 전율을 일으켰다.

학교라는 공간에서 하지 말아야 할 일을 하고 있다……. 이렇게 숨어서 아이나와 사랑을 나누고 있다는 사실이 배덕감을 한층 더 부추겼다.

"하야토 군."

"응?"

"들키면…… 어떻게 될까?"

"관계가 알려지는 정도라면 모를까, 이거는 엄청나게 혼나겠지."

"그렇지…… 엄마한테도 폐를 끼칠 거고, 고삐가 풀리지 않게 조심해야겠다!"

아니, 이미 우리들 고삐는 풀려버린 것 같은데.

하지만 굳이 그 말은 굳이 하지 않았다. 이 마지막 선을 넘지 않는 것에서 오는 행복한 간질거림은 좋은 의미로 나와 아이나를 애타게 만들고 있었으니까.

"이런 초조함도 나쁘지 않네."

"응…… 게다가 학교라서 더 그런 것 같아, 그치?"

"그렇지……?"

아이나가 씨익 웃으며 브래지어를 착용하고 셔츠의 단추를 잠갔다.

터져 나올 것 같던 가슴은 다시 가려졌지만, 조금이라도 힘을 주면 예전 사키나 씨 때처럼 단추가 팍 하고 날아갈 것 같았다.

슬슬 돌아가려는 참에, 깜빡하고 묻지 못한 것을 떠올렸다.

"그러고 보니 아이나는 어느 종목에 나가?"

그래, 아이나의 출전 종목이다.

"나는 공 굴리기랑 장애물 경주, 이어달리기."

"오…… 장애물 경주는 아리사랑 겹치네."

"응! 우리 둘의 응원 잘 부탁행♪"

"맡겨둬."

"그리고…… 집에 돌아가면 실컷 붙어 있자."

"그래."

그런 대화를 끝으로 우리는 교실로 돌아가게 되었다.

점심시간이 빠듯하기는 했지만, 아직 선생님이 오실 시간은 아니었고, 반 아이들은 다들 각자의 자리에 앉아 대화하고 있었다.

"수고했어."

"응."

자리에 앉은 나에게 아리사가 위로의 말을 건넸다.

의자를 살짝 끌어 내 쪽으로 다가온 그녀가 코를 대고 냄새를 맡더니 피식 웃으며 말했다.

"아이나 냄새가 잔뜩 뱄네?"

"그야 그렇겠지."

"그럼 다음엔 나도 상대해 주면 좋겠는데…… 방과 후에 충분히 예뻐해 줘."

"힘내겠습니다. 분골쇄신의 마음으로 최선을 다할게요."

그 선언대로 방과 후에 아리사와 아이나의 상대를 충분히 해 주었음은 두말할 것도 없었다.

▶▷

개학 다음 날부터 본격적인 체육제 준비가 시작되었다.

각 종목의 연습 이외에도 준비할 것은 여러모로 많았지만, 그에 관해서는 담당 위원이 있기 때문에 내가 나설 일은 아니었다.

하지만 뭔가 도울 일이 있다고 하면 바로 도와줄 생각이었기에 부담 없이 맡겨줬으면 하는 마음이었다.

"자, 우선은 이쪽에 집중할까?"

지금은 종례가 끝난 방과 후, 장소는 부지 내의 운동장.

나 외에도 학년을 불문하고 학생이나 선생님의 모습이 보였다. 게다가 전원이 체육복 차림…… 그렇다.

여기에 있는 학생들은 체육제 종목을 연습하기 위해 모인 것이었고, 선생님들은 그것을 지켜보기 위해 와 계신 것이었다.

"간다, 하야토!"

"그래!"

카이토의 부름에 답하자, 그가 제법 빠른 속도로 다가왔다.

어느 정도 거리가 좁혀진 시점, 나 역시 몸을 돌려 달리면서 카이토의 목소리를 다시 기다렸다.

"받아!"

그 목소리가 들린 순간 달리는 자세 그대로 손을 뒤로 뻗었다.

원래라면 거기서 내 손에 그것이 넘어와야 하는데, 손끝에 살짝 닿는가 싶더니 그대로 터엉 하는 소리를 내며 땅바닥에 떨어졌다.

"아, 미안, 카이토."

"아니, 신경 쓰지 마. 아직 시작한 지 얼마 안 됐잖아."

"땡큐. 그럼 다녀올게."

"그래."

떨어진 바통을 그대로 주워서 이번에는 저편에서 기다리는 아이나에게 달려갔다.

조금 전의 나처럼 이쪽으로 몸을 돌리고 서 있던 아이나는 나와의 거리가 줄어든 시점에 달리기 시작했다.

"받아!"

"응!"

내 구호에 아이나도 호응하며 손을 내밀었다.

달리는 탓에 시야가 흔들리는 것을 느끼면서, 뻗어온 아이나의 손에 바통을 살짝 내려두었다.

그러자 떨어뜨린 나와는 달리 아이나는 부드럽게 바통을 움켜쥐고 그대로 잠시 달리다가, 곧 멈춰서서 다시 이쪽으로 돌아왔다.

"응! 지금 그거 타이밍 완벽하지 않았어?"

"뭐, 나랑 아이나니까."

"그렇지♪"

서로 미소를 지으며 하이파이브를 했다.

다만 아이나와는 호흡이 맞았지만, 카이토와 호흡이 맞지 않았던 것이 마음에 걸려서 다시 한번 연습했다.

참고로 카이토는 둘째치고 왜 반이 다른 아이나와 연습하느냐 하면, 실전에서도 이 순서로 달리게 되었기 때문이었다.

이인삼각 파트너를 아리사와 하기로 정한 것처럼, 이어달리기 순서 역시 학생끼리 의견을 모아 정할 수 있었다. 그 결과 아이나와 이어달리는 순서가 되었고, 지금 이렇게 연습하고 있는 것이었다.

……뭐, 이 순서는 이미 정해진 거나 다름없지만.

『하야토 군의 순서는 이미 정해졌어. 내가 다 얘기해 놨거든!』

아마도 그것은 아이나의 집념 같은 거겠지.

아리사에게 이인삼각 일로 뒤처졌으니 적어도 이어달리기 정도는 가까이서 연습하고 싶다, 함께 달리고 싶다. 그런 마음으로 움직인 결과였다.

어떤 이야기를 한 것인지는 조금 궁금했지만, 그 정도로 같이 있고 싶다고 말해 준다면야 나로서는 기쁠 따름이었다.

그렇게 혼자 히죽거리면서 두 사람과 연습을 이어갔다.

“꽤 좋은 것 같은데?”

“그렇지? 완벽해~♪”

“아직 시간은 남았으니까 몇 번 더 맞춰보자.”

“좋아.”

“응!”

카이토의 말에 나와 아이나는 고개를 끄덕였다.

이후 카이토는 기마전 연습이 있다며 손을 흔들고 달려갔다.

“기운이 넘치네.”

“뭐, 그게 카이토니까.”

이 후의 연습 일정은 당연하지만 나도 아이나도 꽉 차 있었다.

아이나는 공 굴리기 연습을 해야 하고, 나는 아리사와 함께 이인삼각 연습이 남았다.

“그나저나.”

“응?”

“진짜 덥다.”

“그러게…… 정말 찜통이야.”

9월은 아직 완연한 여름이었다.

밖에서 운동하면 땀이 나는 것은 물론이요, 수분 보충을 하지 않으면 쓰러질 날씨였다. 뭐, 이 더위 속에서 수분을 챙기지 않는 사람은 없겠지만. 어쨌든 컨디션 관리는 필수였다.

"후우…… 바람이라도 넣어야 좀 살겠어."

아이나는 그렇게 말하며 가슴 언저리를 펄럭펄럭 흔들었다.

그 너머로 가슴골과 오늘의 야한 속옷이 살짝 보였지만, 이제는 크게 동요하지 않게 되었다. 이것도 성장이라면 성장일까.

'역시 관계의 진전이란 굉장하네. 마음의 여유가 생겼어.'

그런 생각을 하면서도 내 시선은 아이나의 가슴 언저리에 못박혀 있었다.

나의 시선을 알아차린 아이나가 씨익 웃으며 다가오더니 그 풍만한 가슴을 일부러 더 들이밀었다.

"하야토 군 변태♡"

"변태가 둘인 거 같은데?"

"그야 난 하야토 군 앞에 서면 이런 애가 되니까♪"

고개를 갸웃거리며 말하는 모습에 나는 신음과 함께 가슴을 움켜쥐었다.

이렇게 나올 걸 예상했지만, 매번 아이나의 태도가 너무 귀여워서 심장이 너무 아팠다.

무슨 말인지 모르겠다고? 실은 나도 무슨 소리하는 건지 잘 모르겠다.

어쨌든 아이나가 너무 귀여운 게 문제다.

"너무 귀엽잖아…… 아, 정말! 너무 귀엽다고, 아이나!"

"에헤헤~♪"

그리고 아이나 역시 내게 이런 말을 들을 거라는 것을 알고 있었던 모양이었다.

"하야토 군의 귀엽다는 말, 잘 받았어♪ 이걸로 더 힘낼 수 있겠다!"

"……하아, 태도만 귀여운 게 아니라 말하는 것도 귀여워."

"아잉~♪ 하야토 군, 너무 좋아아♪"

아이나는 두 팔을 벌려 꽉 끌어안으려다가 직전에 딱 멈췄다.

동시에 이렇게 참으면 참을수록 욕구가 더 쌓이는지 불만스럽게 볼을 부풀리는 것마저 사랑스러웠다.

"그럼 나중에 보자. 아리사한테 다녀올게."

"다녀와~!"

아이나에게서 떨어진 나는 빠른 걸음으로 아리사의 곁으로 향했다.

이미 그녀는 이인삼각용 끈을 손에 들고 나를 기다리는 중이었다. 한 손을 들어 반겨주었다.

"아리사도 이미 땀에 젖었네?"

"진심으로 달린 것도 아닌데, 날이 너무 더워."

아이나도 그랬지만 아리사도 제법 땀을 흘렸다.

군데군데 땀 때문에 체육복이 피부에 달라붙어, 그 매혹적인 실루엣에 자꾸만 시선이 쏠렸다.

"그럼 바로 시작할까?"

"그래."

아리사에게서 끈을 받아 발을 묶었다.

도중에 풀리지 않게 강하게 묶으려다가, 너무 세게 묶어서 아리사가 아프지 않도록 힘을 조금 뺐다.

"후훗, 더 세게 꽉 묶어도 돼. 오히려 하야토 군에게는 강하게 묶이고 싶어."

이제는 마조 성향을 숨기지도 않는구나, 아리사…….

나와 하는 SM플레이라도 상상하는 것일까. 입꼬리가 올라가고 몸을 배배 꼬는 아리사의 모습에 쓴웃음을 지으며 끈을 다 묶었다.

"다 됐어."

"응, 고마워."

끈이 묶이면서 우리는 혼자서는 움직일 수 없게 되었다. 이제 어디로 이동하든 끈을 풀지 않는 한 함께 움직여야 했다.

사람에 따라서는 답답하게 느껴질 수도 있겠지만, 적어도 나와 아리사 사이에 그런 감각은 존재하지 않았다.

"답답해?"

"아니, 오히려 기뻐."

봐라, 진심으로 기쁜 듯이 웃고 있다.

"천천히 연습하자. 모처럼 사람들 앞에서 너와 합법적으로 접

촉할 수 있게 됐으니까.”

“확실히 이런 상황이면 어쩔 수 없겠지.”

“응, 어쩔 수 없지♪”

내 어깨에 팔을 감은 아리사는 그대로 몸까지 바짝 붙였다.

아무리 2인 3각이 밀착하는 종목이라고는 해도, 이렇게 몸을 딱 붙인 것은 주위를 둘러봐도 아리사밖에 없었다.

어쩌면 포옹처럼 보이지 않을까……. 하지만 다행히도 이인삼각 연습이라는 그럴싸한 구실이 우리를 지켜주었다.

“그럼 바로 뛰어 볼까?”

“알았어.”

이인삼각에서 가장 중요한 것은 서로의 호흡을 맞추는 것이었다.

아무리 발이 빠르다 해도 호흡이 맞지 않으면 쉽게 넘어져 버린다. 실제로 작년에도 몇 쌍은 제대로 달리지 못하고 넘어져서 다치기도 했었다.

“……오?”

“……어머?”

직전까지 넘어지는 걸 걱정했는데, 첫걸음을 떼자마자 고개를 갸우뚱했다. 아리사도 마찬가지였는지, 신기하다는 표정이었다.

“…….”

“…….”

말 한마디 없이 서로의 얼굴을 한번 마주 보고, 다시 앞을 바라보았다.

그리고 한 걸음을 내디뎠고, 두 걸음을 내디뎠고, 구호조차 없이 우리는 달리기 시작했다.

'뭐지? 신기할 정도로 호흡이 척척 맞는데? 조금도 불안함이 안 느껴져.'

믿기 힘들 정도로 동작이 매끄럽다. 속도를 높여도 전혀 흐트러짐이 없다.

그렇게 약 50m 정도 가볍게 달린 후 우리는 멈춰 섰다.

"우리, 엄청나게 잘한 것 같지 않아?"

"정말로. 하나도 안 불편했어."

나도 모르게 그런 자화자찬이 튀어나올 정도로 호흡이 딱 맞았다.

그 후로도 가볍게 몇 번을 왕복으로 달렸지만, 호흡이 안 맞아서 자세가 무너지는 일은 단 한 번도 없었다.

"저기, 아리사."

"응?"

"이거…… 연습할 필요 없지 않을까?"

"아니, 필요해."

쏘아붙이듯 단호한 대답이 돌아왔다.

하긴, 아무리 생각 이상으로 호흡이 잘 맞는다고 해도, 대충 할 수는 없겠지?

"모처럼 이렇게 딱 붙어 있을 기회잖아. 물론 연습이 필요 없을 정도로 호흡이 잘 맞는 건 기쁘지만…… 이 시간이 끝나면 떨어져야 하는걸.”

아리사는 그렇게 말하며 마지막에는 토라진 얼굴로 휙 고개를 돌렸다.

아, 그렇군. 아무래도 이번엔 아리사의 마음을 제대로 파악하지 못한 모양이다.

하지만 이런 행동을 해 봤자 귀엽다는 생각밖에 들지 않았고, 귀찮은 마음은 조금도 들지 않았다.

“미안, 아리사. 내가 눈치가 좀 없었네.”

“……아니, 나야말로 미안해.”

고개를 돌렸던 아리사가 나를 다시 바라보며 사과했다.

“말하자마자 느꼈어……. 나, 정말 귀찮은 여자구나.”

“……괜찮아. 나는 귀찮다는 생각은 전혀 안 했어.”

“정말?”

“응. 오히려 귀엽던걸.”

“……하야토 군은 너무 무르다니까.”

“그게 나니까. 좋아, 그럼 좀 더 연습해 볼까?”

“응!”

그 후로도 계속 아리사와의 연습에 몰두했다.

방과 후 연습은 딱히 참가 의무가 있는 것도 아니고 동아리 활동도 있어서 기본적으로는 한다고 해도 한 시간 정도였다.

그 이유는 간단하다. 운동장을 쓰는 동아리 활동에 방해가 되면 안 되니까.

“후우, 수고했어, 아리사.”

“응, 수고했어, 하야토 군.”

10분쯤 지났을까, 다른 사람들도 얼추 연습을 마친 타이밍에 나와 아리사는 한발 앞서 연습을 마치고 나무 그늘에 앉아 있었다.

처음부터 끝까지 가볍긴 해도 아리사와 계속 함께 달린 탓에 땀이 비 오듯이 쏟아졌지만, 냄새나 끈적임이 신경 쓰이지 않을 정도로 무척 만족스러웠다.

“앞으로 몇 번 더 연습하겠지만, 아무 문제 없겠다.”

“그러게. 게다가 정말 움직임도 매끄럽고, 하야토 군이 어느 타이밍에 어떻게 움직일지가 딱 느껴져……. 이런 게 바로 이심전심 아닐까?♪”

“그러게.”

연습 도중 아리사가 친구들과 잠시 대화를 나눌 시간이 있었는데, 그녀들이 말하길 우리 두 사람의 호흡이 너무 딱딱 맞아서 절로 눈길이 갔을 정도였다고 한다.

『진짜 거의 예술 수준이던데?』

『수십 년은 같이 산 잉꼬부부 같은 분위기였어.』

좀 민망한 말도 듣긴 했지만 어쨌든 결론은 대단했다는 것.

잉꼬부부라는 말을 들었을 때 아리사는 표정을 감추기 위해 고개를 푹 숙였지만, 바로 옆에 있던 나에게는 아리사의 입꼬리가 잔뜩 올라가 있는 것이 똑똑히 보였다.

"아, 그러고 보니."

"왜?"

"체육제 때는 할아버지랑 할머니가 오시지?"

"그렇지."

아리사의 말에 고개를 끄덕였다.

굳이 말할 일은 아니지만, 중학교 때부터 매년 체육제 같은 행사에는 할아버지와 할머니가 반드시 참석하셨다.

그건 올해도 예외는 아니었고, 얼마 전에 꼭 가겠다는 연락을 받았다.

"예전에 전화로 대화하긴 했지만, 실제로 얼굴을 마주하는 건 처음이네. 나도 아이나도, 그리고 엄마도 기대 중이셔."

"그렇게 말해 주니까 나도 기쁘네. 할아버지도 할머니도 아리사와 아이나 만나는 걸 기대하고 계시거든."

그녀들과 제법 오랜 시간 함께 보내긴 했지만, 정작 얼굴을 맞댈 기회는 지금까지 없었으니까.

사진을 찍어 보내는 일은 있었어도 실제로 마주하는 건 이번이 처음이다…… 어떤 분위기가 만들어질지 생각만 해도 벌써 기대가 됐다.

"뭐, 나나 아이나보다 엄마가 더 의욕 넘치게 맞이해 주실 것 같지만."

"그 정도야?"

"하야토 군은 제 아들이나 다름없어요! 그러니 앞으로도 제게 맡겨주세요! 그렇게 말하는 모습이 눈에 선해."

"아~."

확실히 그 광경은 쉽게 상상이 갔다. 동시에 사키나 씨가 할아버지와 할머니 앞에서 그렇게 말해 줄 거라고 생각하니 가슴이 뭉클해졌다.

"사키나 씨는 두 분이랑 자주 통화하고 있는 것 같더라. 아마 그때도 그렇게 말해 주셨을 것 같은데……. 내 입으로 말하려니 뭔가 부끄럽네."

"후훗, 그래도 그렇게 생각해 주는 게 가장 좋아. 하야토 군에게도, 우리에게도."

"그렇겠지."

"응."

대화 도중, 깨닫지 못한 사이에 아리사가 내 손을 꼭 잡고 있었다.

그런 그녀의 손을 강하게 맞잡고 서로를 바라보고 있는데, 비명처럼 우렁찬 목소리가 고막을 때렸다.

"거기 둘! 피해!"

그 목소리에 나도 아리사도 눈을 동그랗게 뜬 채 소리가 난 쪽으로 눈을 돌렸다.

"……어?"

"……엥?"

나뿐만 아니라 아리사에게서도 살짝 얼빠진 목소리가 새어 나왔다.

시선을 돌린 곳에서 커다란 공이 이쪽을 향해 굴러오고 있었기 때문이었다.

너무 갑작스러운 상황에 몸이 굳어 나도 아리사도 반응이 늦어지고 말았다. 어떻게 해도 도저히 도망갈 수 없는 상황이었다.

“아리사!”

“꺄악?!”

그렇다면 방법은 하나…… 아리사를 끌어안아서 지킬 수밖에 없었다.

아리사를 감싸 안은 순간, 등에 쿵 하는 충격이 느껴지며 공이 충돌했다.

공은 그대로 데굴데굴 굴러갔고, 황급히 달려온 여자 선배가 고개 숙여 사과했다.

“미안해~! 괜찮아?”

“아, 네.”

“괜찮아요.”

정말 멀쩡했기에 괜찮다고 전하자, 선배는 안심한 얼굴로 가슴을 쓸어내렸고, 마지막으로 다시 사과를 전하고 공을 회수하러 갔다.

“휴, 깜짝 놀랐네.”

“그러게. 순간 영화 속으로 들어온 느낌이었어.”

영화의 세계였다면 저건 철공이었을 거고 우리는 완전히 납작해졌을 텐데?

“하야토 군! 언니, 괜찮아?”

“응.”

“괜찮아.”

자초지종을 보고 있었는지 아이나도 곧장 달려왔다.

아까 선배에게 말한 것과 똑같이 괜찮다는 말을 전하자, 아이나는 눈에 띄게 안심한 얼굴로 아리사를 꽉 끌어안았다.

“잠깐, 아이나……?”

“잠깐은 괜찮잖아. 좀 시원해지기도 했고, 그리고 자매니까 땀 냄새 정도는 좀 참을 수 있지?”

“그런 문제가 아니잖아?!”

“그런 문제야.”

곤란해하는 아리사와 그저 즐겁다는 얼굴로 미소 짓는 아이나.

두 사람의 표정은 정반대였다. 그런데 왜 이 두 사람이 함께 있으면 이렇게 야하게 보이는 걸까……. 그건 물론 두 사람이 야하기 때문이겠지만, 답을 알고 있음에도 자꾸만 생각이 그쪽으로 쏠렸다.

“올해 체육제는 작년보다 훨씬 재밌어질 것 같아.”

체육제가 끝나면 곧 문화제도 있을 텐데, 그런 축제 하나하나를 그녀들과 함께 즐기고 싶었다.

“하야토 군! 돌아가자.”

“가자.”

“응.”

뭐, 굳이 이렇게 다짐하지 않아도 좋은 추억이 될 거라는 건 이미 확정이었다.

그렇게 생각해도 되겠지.

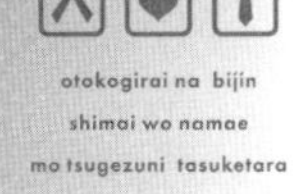

학교 전체가 체육제를 앞두고 서서히 달아올랐다.

그것은 선생님들도 마찬가지였다. 아마 이 행사를 성공시키고 싶다는 마음 때문일 것이다.

뭐, 실제로는 단순히 즐기자는 마음일 수도 있지만, 이런 행사에는 그런 마음가짐이 제일일지도 모른다.

그리고 드디어 내일이 바로 체육제다.

나도 그렇지만 아리사나 아이나, 소타나 카이토…… 다른 동급생 아이들도 최근에는 종목 연습이나 준비에 매진했으니, 이제는 실력을 마음껏 발휘할 일만 남았다.

“그럼 할아버지, 할머니, 안녕히 주무세요.”

『그래, 잘 자라, 하야토.』

『기대하고 있을게.』

조부모님과의 통화를 마쳤다.

내일이 체육제였기에 방문을 앞두고 확인차 한 번 더 연락했다.

두 사람이 이곳에 와주는 것은 기쁜 일이었고, 아리사네와 직접 만난다는 생각에 여기까지 왔구나 싶어 뿌듯하기도 했지만, 할아버지도 할머니도 나이가 있으니까, 더위만큼은 조심하셨으면 했다.

“하야토 군, 들어가도 돼?”

“아이나? 들어와.”

대답하자 아이나가 방으로 들어왔다.

오늘도 변함없이 신조네 집에 와 있었다. 그리고 조부모님과 통화하기 전에 막 저녁을 다 먹은 참이었다.

"아리사는?"

"언니도 곧…… 아, 왔네."

아이나의 말이 끝나기가 무섭게 아리사도 방에 들어왔다.

"별문제 없었어?"

"응."

아리사는 그대로 바닥에 앉았고, 아이나는 침대에 앉았다.

나는 누구 옆에 앉을지 잠깐 고민하다가 가장 가까이 있는 아리사 옆에 앉았다.

그러자 아리사는 기쁘게 팔을 감아왔지만, 떨어진 곳에 앉아 있던 아이나는 불만스럽게 볼을 부풀리더니 벌떡 일어나 아리사의 반대편으로 다가와 쿵 소리를 내며 앉았다.

"아이나는 정말 귀엽다니까."

"그건 하야토 군에게 선택받은 자의 여유인가요?"

"왜 그렇게 비꼬는 거야……."

"비꼰 거 아닌데~?"

아이나는 그렇게 말했지만, 물론 정말로 삐진 것은 아니었다.

생글생글 웃은 그녀는 그대로 등을 바닥에 대고 눕더니 기대감이 담긴 목소리로 말을 이었다.

"내일이 드디어 체육제네……. 연습이랑 준비를 하는 사이에 시간이 순식간에 지나갔지만, 작년보다 훨씬 더 기대돼♪"

이런 대화를 대체 몇 번이나 했더라.

몇 번이든 말하고 싶을 정도로 아이나에게는 두근거리는 일이라는 거겠지. 그리고 그것은 나도 그렇고 아리사도 마찬가지였다.

"순수하게 체육제를 즐기는 것도 좋지만, 각자 나가는 종목에서 최선을 다하자. 가능하면 다치지 말고."

"그래야지."

"응! 하야토 군은 더 이상 근육 파열되면 안 돼?"

"윽, 그 얘긴 이제 그만해 줘!"

여름 방학 전에 있었던 근육 파열 사건은 두 번 다시 떠올리고 싶지 않았다.

다친 덕분에 그녀들에게 간호받는 것은 남자로서 기쁜 경험이긴 했지만, 그 통증은 두 번 다시 겪고 싶지 않았다.

"그거 말이지…… 진짜 죽을 만큼 아팠어. 경상이라 그나마 다행이었지, 처음 통증이 느껴졌을 땐 세상이 무너진 줄 알았다고."

"윽…… 미안해, 하야토 군."

"아픈 기억을 떠올리게 했으니 벌을 줘야겠어."

"……어?!"

무방비하게 누워 있던 아이나에게 손을 뻗어 간지럼 공격을 시작했다.

예전에 아리사와 아이나를 상대로 나의 갓핑거 기술을 선보인 적이 있지만, 그때의 나와 똑같다고 생각하면 오산이다!

"자, 간질간질간질~."

"자, 잠깐 간지러워…… 아하하! 그만, 그만해……!"

"나도 할까?"

거기서 뜻밖에 아리사도 합류했다.

몸을 비틀어 도망치려는 아이나의 팔을 아리사가 꾹 붙잡아 도망갈 수 없는 구도가 완성되었다.

"큭큭큭, 예전과는 다를 거야, 아이나. 그때의 난 마음 한쪽에 망설임이 있었지…… 하지만 지금의 난 달라── 지금의 난, 아이나를 무자비하게 야하게 만질 거거든!"

무자비하게 야하게 만진다는 게 무슨 말이냐…….

내가 한 말에 스스로 의문을 느끼면서도 아이나를 향한 손길은 늦추지 않았다. 물론 너무 힘들어지지 않게 선은 지켰다.

"후우, 제압 완료인가?"

"읏…… 하아…… 냐아……."

"……간지럼이 아니라도, 나도 엉망진창으로 당하고 싶어졌어."

아리사 씨……?

나도 모르게 시선을 돌릴 것 같은 혼잣말은 살짝 흘려듣고, 대자로 뻗은 채 누워 있는 아이나를 다시 바라보았다.

그녀는 얼굴을 붉힌 채 눈꼬리에는 눈물까지 맺혀 있었다. 심지어 간지럼 공격 때 아리사가 잘못 단추를 풀어버린 탓에 가슴까지 드러난 상태였다.

"……."

숨을 쉴 때마다 오르내리며 출렁거리는 가슴에 자꾸만 시선이 가는 것을 느끼면서, 조절했는데 조금 과했나 하는 생각에 약간의 죄책감이 스쳤다.

"……후우, 엉망진창으로 당해버렸어♡"

그것은 남자를 유혹하는 여자의 멘트였다.

무심코 손이 나갈 정도로 위험한 목소리였지만, 아이나는 곧 천천히 몸을 일으켰다.

단추는 다 채워지지 않아 거의 다 보이는 데다 앞머리가 눈가를 가리고 있어서 표정도 보이지 않았다. 몸을 흐느적흐느적 흔들며, 마치 종말 영화에 나오는 좀비 같은 움직임으로 내게 다가왔다.

"아, 아이나……?"

"……."

설마 너무 웃어서 진짜 좀비가 된 건 아니겠지……?!

그렇게 생각한 순간, 아이나가 고개를 들었고── 당장이라도 나를 먹어치울 것처럼 사납게 웃었다.

"히이익?!"

한심한 비명이 나왔지만 어쩔 수 없었다. 진짜로 무서웠으니까!

어깨를 덥석 잡더니, 그대로 얼굴을 가까이하고 내 목 언저리를 가차 없이 물어뜯……는 흉흉한 일은 없었고, 그 대신 가볍게 오물거리듯 깨물어와 엄청나게 간지러웠다.

"읏…… 아♪"

"으아아아아아아악! 살려줘어어어어어어어!"

"……두 사람 다 뭐 하는 거야."

아리사에게 싸늘한 눈빛을 받은 우리는 동시에 씨익 웃었다.

"내가 뭘 생각했는지 용케 캐치했네?"

"음, 어쩐지 하야토 군이 무슨 생각을 하는지 느껴져서. 그래서, 내 좀비는 어땠어?"

"좀비한테 물리면 나도 그렇게 되겠지만, 아이나 같은 좀비가 덮친다면…… 뭐 괜찮지 않을까?"

"그래? 하지만 내 경우엔 하야토 군을 덮친다고 하면 성적인 의미로 덮칠 것 같지 않아?"

그건…… 굉장히 야한 좀비시군요.

하지만 좀비는 결국 시체란 말이지. 습격당하지 않는다고 해도 제대로 된 대화는 할 수는 없다.

그렇게 생각하면 역시 좀…… 싫다. 좋아하는 상대와는 제대로 마주 보면서 대화를 나누고 싶으니까.

"아이나, 단추 먼저 잠가."

"네~. 들었지, 하야토 군? 채워줘, 채워줘♪"

"응."

공주님이 원하신다면 들어드려야죠.

커다란 가슴을 잠옷 천으로 덮고 단추를 잠그는 것뿐인데, 묘한 두근거림이 멈추질 않았다.

"체육제 전날이니까 너무 힘을 빼는 것도 안 좋겠지. 내일 아무

일도 없었다면 좀 더 꽁냥꽁냥했을 텐데."

"어쩔 수 없지. 애초에 느긋하게 이야기나 할 생각이었는데 하야토 군의 장난에 어울리다 보니 이렇게 된 거고."

그건 미안해.

하지만 확실히 내일은 체육제니까 밤샘은 물론이고 체력을 쓰는 일도 되도록 피해야겠지…… 아쉽지만.

"후훗, 역시 어떤 시간이든 하야토 군과 보내는 순간은 행복해."

"맞아! 이번에는 나랑 하야토 군이 힘을 합쳐서 언니를 엉망으로 만들어주자!"

"아하하, 알았어."

그런 대화를 끝으로 두 사람은 방에서 나갔다.

생각보다 피곤했는지 아리사와 아이나가 나가자마자 급격히 졸음이 밀려와 성대한 하품이 나왔다.

"그럼 나도 잘까."

내일은 체육제…… 제대로 힘내서 해 보자!

그런 다짐을 하고 침대에 들어간 나는 머리까지 이불을 뒤집어쓰고 잠들 채비를 했다.

그러나 그 타이밍에 갑자기 방문이 열렸다.

"……?"

열렸다고 생각하자마자 곧 문이 닫혔고, 발소리가 천천히 다가왔다.

기척은 한 명이니 아마 아리사나 아이나겠지……. 혹시 잠이 안 와서 돌아온 걸까?

"자, 잠깐……?"

그 누군가는 침대에 올라타더니 이불을 들추고 안으로 파고들었다.

달콤하고 향긋한 냄새와 함께 야릇한 손길이 몸을 더듬었다. 그것이 신호라는 사실을 모를 리가 없었다.

내일을 생각한다면 체력은 반드시 아껴야 한다……. 하지만 조금이라면 괜찮겠지 싶은 마음에 나도 몸을 돌려 끌어안았다.

"……?"

어라……? 뭔가 평소랑 느낌이 좀 다른데?

약간의 위화감을 느끼면서도 나는 욕망에 거스르지 못했다. 한창 젊은 나이니까 그 부분은 이해해 주길 바란다.

"어둠 속에서 이렇게 즐기는 것도 나쁘지 않네."

부드럽고 따뜻한 몸을 더듬으며 그 감촉을 즐겼다.

평소보다 살집이 더 있다거나, 가슴이 엄청 큰 것 같다거나…… 그런 사실을 신경 쓴 것도 잠시, 나는 지금이라는 순간을 마음껏 만끽했다.

내 잘못이 아니다…… 잘못한 건 내 방에 온 둘 중 한 명이라며 자기합리화를 마친 나는 파자마 속으로 손을 넣었다.

"크네…… 게다가 부드러워. 만지고 있는 것만으로도 행복해지는 것 같아."

내 이성은 이미 반쯤 날아가 있었다.

지금은 어쨌든 이 탄력을 느끼고 싶었고, 여기까지 온 그녀를 만족시켜주고 싶어서…… 그런 마음을 전하기 위해 최선을 다했다.

"앙……."

"……어?!"

마침내 상대방의 목소리가 새어나왔을 때, 방금 느꼈던 위화감이 단번에 커졌다.

설마…… 설마설마설마설마설마?!

"아리사도…… 아이나도 아니야?"

내가 만지고 있는 상대…… 어둠을 틈타 침실에 들이닥친 상대는, 내 여자친구인 그녀들이 아니었다.

그렇게 되면 필연적으로 상대는 한 명뿐.

"오, 오……."

거기서 간신히 나는 그 상대를 알아볼 수 있었다―― 사키나 씨였다.

"어째서……?!"

"……네에, 하야토 군♡."

생긋 미소 지은 사키나 씨는 여전히 색기가 가득한 얼굴로 나를 바라보면서 내 몸을 만지고 있었다.

예상치 못한 전개에 정신이 멍해졌지만, 상대가 사키나 씨라는 것을 알게 되면 보통은 떨어질 텐데, 그녀는 전혀 떨어질 마음이 없어 보였다.

"아리사나 아이나인 줄 알았어요? 땡~ 저였답니다♪"

"저기…… 사키나 씨?"

완전히 폭주 상태인데……?!

참고로 사키나 씨는 오늘 맥주를 좀 마셨는데, 기분이 좋았는지 평소보다 양이 많았다……. 그래도 의식은 또렷해 보이길래 괜찮을 줄 알았는데, 괜찮지 않았던 모양이다.

"하야토 군, 키스해 주세요."

"저기……."

"키스…… 키스으!"

아리사와 아이나를 압도하는 성인의 색기를 흩뿌리며 어린애처럼 떼를 쓰는 사키나 씨의 모습은 희귀한 광경이긴 했지만, 여친들의 엄마와 키스는 좀 아니잖아?!

우유부단하다느니 차려진 밥상을 마다한다느니 할 문제가 아니라, 절대로 넘어선 안 되는 선이잖아?!

"윽…… 전 역시 안되나요? 아리사나 아이나처럼 해 주지 않는 건가요?"

침울한 표정 뒤에는 대놓고 불만이 담긴 표정을 짓는다.

조금 전까지 나는 사키나 씨를 아리사나 아이나라고 생각해서 몸을 제멋대로 만져버렸다. 그것이 방아쇠가 되어 사키나 씨 안의 스위치가 커진 걸지도 모른다.

움직일 수 없는…… 아니, 움직이지 못하는 내게 사키나 씨가 서서히 얼굴을 가까이 했다.

움직이지 못한 대가로, 사키나 씨의 부드러운 입술이 닿았다.

"읍?!"

"쪽…… 음."

새가 쪼듯 가볍게 닿은 키스는 지금 느낀 충격과 당황을 동시에 짓뭉개버렸다.

키스는 본래 심장을 뛰게 하는 법인데, 어른의 포용력을 품은 그 키스는 머릿속의 잡념을 모조리 날려버릴 정도로…… 엄청나게 달콤했다.

나도 모르게 눈이 가늘어지고, 그 감각에 몸을 맡기고 싶은 나약한 마음이 들었다.

"……어?"

"……후냐."

하지만 그런 꿀처럼 달콤한 시간도 금세 끝났다.

사키나 씨가 김빠진 듯한 목소리를 내는가 싶더니, 그대로 푹 쓰러져 잠들어 버렸기 때문이다.

"……."

"새근…… 새근……."

잠들긴 했지만, 사키나 씨는 여전히 내 몸에 달라붙은 채 떨어지지 않았다.

"……!"

아무 일도 없……지는 않았지만, 일단 끝났다는 것에 안도의 한숨을 쉰 것도 잠시, 급격하게 볼이 화르륵 타올랐다.

이 일의 원인 제공자인 사키나 씨는 꿈나라로 가버렸고, 민망함에 몸부림치는 건 나쁜…… 아, 정말! 이 사람은 진짜! 갑자기 와서 무슨 짓을 하는 거야!

"하야토 군…… 좋아해요……."

"……아, 정말 곤란한데."

방으로 옮겨야 하나 잠시 고민했지만, 이렇게까지 행복하고 편안하게 잠들어 있는 것을 보니 깨우기도 미안했다.

어쩔 수 없지, 오늘은 그냥 사키나 씨와 같이 자자.

잠든 자세만 조금 정리해 준 뒤 나는 사키나 씨와 나란히 누웠다.

"……아마 사키나 씨는 이 일을 기억하지 못하겠지만, 이왕 이렇게 된 거 내일의 컨디션을 올리는 기회로 삼아버리자."

그리고 눈을 감았지만, 옆에서 느껴지는 사키나 씨의 온기가 신경이 쓰여 잠이 오지 않았다.

게다가 아까 사키나 씨와 했던 키스가 머릿속을 잠식하고 있다는 것도 이유 중 하나였다.

"……하아."

내일은 체육제인데, 사키나 씨와 제대로 눈을 마주칠 수 있을까…… 그것만이 유일한 걱정이었다. 하지만 정말로 기분 좋은 키스였다는 것은 변명의 여지 없는 사실이었다.

▶▷

우여곡절…… 정말 별의별 일이 있었던 밤이 지나고, 시간은 흘러 체육제 당일이 되었다.

일기예보에서도 오늘은 종일 날씨가 좋다고 했다.

체육제를 하기에는 딱 좋은 날씨이긴 했지만, 그만큼 햇볕이 강하게 내리쬐기 때문에 수분 보충은 필수인 하루가 될 것 같았다.

"음. 보기 좋네."

그런 와중 시선 끝에 걸린 광경을 보고 내 입에 미소가 절로 번졌다.

관객용으로 설치된 텐트 안에서, 오늘을 위해 이곳에 와주신 할아버지와 할머니, 그리고 사키나 씨가 즐겁게 담소를 나누고 있었다.

방금 막 첫 대면을 마쳤는데 저렇게나 화기애애하게 웃으며 대화하는 것을 보니 무척 기뻤다. 무엇보다 할아버지와 할머니의 표정이 정말 보기 좋았다.

"엄마가 살아계셨을 때가 떠오르네……."

사키나 씨는 엄마가 아니다. 그리고 조부모님도 사키나 씨를 엄마 대신이라고 생각하시지는 않겠지만, 그래도 내 눈에는 엄마와 겹쳐 보였다.

"……."

이렇게 사키나 씨를 보고 있으니 어젯밤 일이 떠올랐다.

결국 오늘 아침 깜짝 놀라며 일어난 사키나 씨와 함께 잠에서 깼는데, 역시 어제의 일은 아무것도 기억하지 못했다.

아리사와 아이나에게 했던 짓을 사키나 씨에게 해 버린 것도 그렇지만, 무엇보다 키스…… 그 키스를 기억하고 있었다면 대체 어떻게 됐을까.

기억하지 못한 것을 다행이라고 여기는 것이 맞나 생각하면서도, 어제의 기억이 내 안에서는 너무 선명해서 사키나 씨를 보면 나도 모르게 몸이 굳어버렸다.

"하야토 군."

"아리사?"

아리사가 옆으로 다가왔다.

"조부모님을 보고 있었어?"

"응. 이런 모습을 보고 있으니 좋아서."

그렇게 말하자 아리사도 미소 지으며 고개를 끄덕였다.

"동감이야. 하야토 군의 할아버지와 할머니는 정말 멋진 분들이시니까. 엄마가 저렇게 즐거워하시는 것도 이해가 가."

"고마워. 그렇게 말해 주니까 기쁘네."

"나와 아이나도 시간만 허락된다면 좀 더 이야기하고 싶어."

아리사의 말에서도 알 수 있듯이, 실제로 얼굴을 마주한 일로 두 분을 향한 마음의 문이 더 활짝 열려 있었다.

아리사와 나란히 서서 그런 훈훈한 광경을 지켜보는데, 슬슬 체육제가 시작되려는지 주위가 소란스러워졌다.

"이제 시작이네."

"응."

왁자지껄한 소란이 이어지는 가운데 개회식을 알리는 음악과 함께 방송부의 안내 방송이 울려 퍼졌다.

『지금부터 개회식을 진행하겠습니다. 학생 여러분은 운동장에 입장해 주세요.』

그 방송을 신호로 우리는 입구에서 운동장 중앙으로 향했다.

행진하는 우리에게 쏟아지는 아낌없는 박수는 응원하러 온 보호자가 그만큼 많다는 것을 의미했다.

운동장 중앙에 정렬한 뒤 먼저 교장 선생님의 말씀이 시작되었다.

『1년에 한 번 있는 행사인 만큼 오늘은 여러분들이 준비한 걸 마음껏 보여주는 하루가 되길 바랍니다. 힘내시길 바랍니다……. 이럴 때 너무 길게 이야기하면 학생분들께 미움받겠죠. 그건 싫으니 제 이야기는 여기서 이만 마치겠습니다.』

교장의 말에 여기저기서 작은 웃음이 터졌다. 하지만 이 무더위에 인사말을 짧게 끝내준 것은 진심으로 감사했다.

그리고 다음으로는 삭발 머리가 트레이드 마크인 체육위원장의 인사.

『그럼 제 인사도 짧게 하겠습니다. 여러분, 오늘은 최선을 다합시다! 그리고 마음껏 즐겨주세요!』

정말 짧은 인사를 마친 체육위원장은 빠른 걸음으로 단상을 내려왔다.

그 후에도 이런저런 안내 같은 것을 듣고 우리는 팀별 텐트로 돌아왔다. 그리고 차례차례 경기가 시작되었다.

기본적으로 이어달리기 같은 체육제다운 경기는 후반에 몰려 있었고, 전반부에는 물건 빌려오기나 장애물 경주 등이 잡혀 있다.

『물건 빌려오기에 출전하는 학생은 입구에 대기해 주세요.』

좋아, 곧바로 내 차례가 왔다.

소타도 물건 빌려오기에 출전하기 때문에 같이 가려는데 아리사와 아이나가 말을 걸어왔다.

"둘 다 힘내."

"응원할게용~♪"

"아, 고마워, 둘 다."

"미인 자매의 응원이라니…… 크윽! 제대로 끓어오르는구나!"

아리사와 아이나의 응원이 소타의 마음에도 불을 지핀 모양이었다.

소타는 요즘 소꿉친구 로맨스물에 꽂혀 있어서 상황에 상관없이 여자에게 응원받는 상황을 동경한다고 들었는데, 아마 그래서 더 흥분한 것일지도 모른다.

"소타는 왜 저렇게 타오르는 거야?"

소란을 듣고 카이토도 가까이 다가왔다.

"아리사와 아이나에게 응원받았거든."

"단순한 녀석."

"아오지마 군도 차례가 오면 응원할게, 힘내!"

"우오오오오오오오오오오!!"

남 말할 처지가 아니잖아.

카이토의 단순한 반응에 쓴웃음을 짓는 아리사와 아이나에게 손을 흔들어주고, 나는 소타와 함께 입구로 향했다.

이것이 올해의 체육제 첫 종목…… 기합을 담아 우리의 색을 나타내는 빨간색 머리띠를 다시 한번 꽉 묶었다.

『첫 번째 프로그램은 물건 빌려오기입니다. 선수분들은 입장해 주세요.』

자, 가자!

한껏 의욕에 부푼 채 운동장으로 달려나가자, 출전하지 않는 학생이나 보호자들의 환호성이 우리에게 쏟아졌다.

"하야토~~!! 힘내거라~~!!"

"윽……."

"오우! 너네 할아버지, 아주 기운 넘치시네!"

마침 보호자석 쪽과 가까운 바깥쪽을 달리고 있던 참이라 그쪽으로 힐끔 시선을 주자, 할아버지가 백전백승이라고 적힌 부채를 손에 든 채 일어나 있었다.

할머니와 사키나 씨가 웃고 계셨고, 그 주위에 있던 사람들까지 웃고 있는데…… 그보다 이거 내가 더 민망한데?!

"……살살 좀 해 달라고요."

"좋은데 뭘."

"그만 좀 히죽거려!"

"그치만 웃기잖아."

젠장…… 남 일이라고 웃는다 이거지?

가볍게 한 대 때려주려다가, 저렇게 기운 넘치는 할아버지 모습을 볼 수 있었으니, 이번은 넘어가기로 했다.

그렇게 속으로 민망함을 달래며 정위치에 자리를 잡고 나자 차례차례 물건 빌려오기가 시작되었다.

『자, 물건 빌려오기가 시작됐습니다! 20m 앞의 상자 안에 제시어가 적혀 있고, 거기 적힌 것을 빌려오면 됩니다! 좋아하는 사람이나 결혼하고 싶은 사람은 적혀 있지 않으니 안심하세요!』

흐음, 역시 그런 제시어는 없구나.

장난으로 넣기 딱 좋은 키워드이긴 하지만, 실제로 그런 게 있다면 난감할 것 같았다.

물건 빌려오기는 다른 색 팀보다 더 빨리 결승선을 통과하면 이기는 게임이지만, 역시 누가 어떤 것을 빌려오느냐가 가장 큰 볼거리였다.

『오오~?! 그렇군요, 선생님의 안경인가요! 그리고 저쪽은 학생회장의 체육복?! 강제로 벗기다니 너무하네요! 좋아, 더 벗겨라~! 아니?! 그리고 저쪽은 교감 선생님의 모자군요! 요즘 머리숱이 얇아졌다고 한숨을 내쉬던 교감 선생님의 머리가 훤히 보입니다!』

저 방송위원…… 말이 좀 거침없는 거 아닌가?

다만 이런 상황도 예측했던 것인지, 멘트에 등장한 학생이나 선생님들도 모두 웃는 얼굴로 손을 흔들고 있었다…… 그렇다면 상관없겠지.

"다음은 나야! 다녀올게!"

"힘내~!"

그리고 드디어 소타의 차례가 왔다.

출발선에 나란히 선 소타 옆의 다른 2명은 모두 학교에서 알아주는 운동부의 에이스들이었다.

정면승부로는 질 것이 뻔하니 얼마나 빠르게 찾을 수 있고 빌리기 쉬운 제시어를 뽑는지가 승패의 갈림길이 될 것 같았다.

"오, 제시어가 뭐지?"

제시어가 적힌 종이를 손에 든 소타가 달리기 시작했다.

향하는 곳은…… 아주머니?! 소타의 아주머니는 어리둥절한 얼굴을 하면서도 소타의 손을 잡고 달리기 시작했다.

아하…… 소타의 제시어는 가족이었던 모양이다.

"가족이라……. 내가 그걸 뽑았으면 어떻게 됐으려나."

할아버지와 할머니가 지금의 나에게 남겨진 유일한 가족이지만, 역시 달리는 건 힘들 테니까…… 여기서는 일단 그런 종류는 나오지 않기를 빌어야겠다.

아주머니의 손을 잡고 가장 먼저 출발한 덕에 소타는 그대로 1등으로 골인할 수 있었다.

"다음 차례 대기하세요."

이런, 내 차례네.

출발선에 나란히 서서 신호총 소리를 조용히 기다렸다……. 그런 와중 아리사와 아이나, 소타와 카이토가 응원해 주는 소리가 함성 속에 섞여 들려왔다.

"준비…… 시작!"

탕 하는 신호총 소리가 울려 퍼지고, 그것을 신호로 나는 달리기 시작했다.

양옆을 달리는 선후배와 거의 동시에 제시어 상자에 도착한 뒤, 제발 이상한 것만 나오지 않기를 빌며 한 장을 움켜쥐었다.

"에엑?!"

"이게 뭐야……?!"

양옆에서 비명 같은 소리가 터지는 가운데, 내 종이에 적혀 있던 것은── 가족이었다.

"……어쩌지?"

원래라면 어려운 제시어도 아니고 오히려 쉬운 축에 속했다.

이건…… 순위 생각은 잠깐 접어두고 할아버지나 할머니…… 아니, 할아버지 도움을 받아 천천히 가는 걸로 하자.

그렇게 생각하자마자 나는 텐트에서 응원해 주고 있던 조부모님께 향했다.

"하야토?"

"무슨 일이니?"

"실은……."

제시어가 적힌 종이를 보여주자 할아버지와 할머니는 납득한 얼굴로 고개를 끄덕였다.

"호오! 그래서 여기 온 게냐. 좋다, 이 할애비가…… 윽?!"

내 의도를 알아차린 할아버지가 일어나려다가 허리를 짚었다.

천천히 일어나도 되는데 급히 일어나려다가 가볍게 허리를 삐끗하신 모양이었다. 뭐 하는 거야.

"나, 나는 힘들 것 같다……. 아무래도 사키나 씨에게 맡길 수밖에 없겠구나."

"네?! 저요?!"

"후훗, 부탁해도 될까요?"

사키나 씨는 살짝 당황하면서도 몸을 일으켰다.

그래도 여전히 약간의 망설임이 느껴졌다. 결코 싫어서 나온 망설임이 아니라, 말하자면 이 상황에서 자신이 그 역할을 맡아도 되는 것인지 망설이는 것처럼 보였다.

"사키나 씨, 가요."

"아…… 네!"

그렇다면 그 망설임을 끊을 수 있게 내가 손을 이끌어주면 된다.

수줍은 얼굴로 대답한 사키나 씨의 손을 잡고 무리가 되지 않을 정도의 속도로 운동장을 달렸다.

이걸로…… 사키나 씨라는 초절정 미인 엄마가 동네방네 소문 나겠네.

"힘내!"

"힘내라, 힘내라~!"

응원을 보내는 아리사와 아이나 앞을 지나쳤을 때 두 사람의 우렁찬 목소리가 우리에게 쏟아졌다.

계속 긴장하고 있던 사키나 씨도 딸들의 목소리에 용기를 얻었는지 표정이 한결 편안해졌고, 내 손을 잡는 힘도 더욱 강해졌다.

"이제 곧이에요. 사키나 씨."

"네, 넷!"

그리고 우리는 무사히 결승선을 통과했다.

물건 빌려오기라고 해도 나나 소타처럼 사람이 대상인 제시어도 있다 보니, 골인한 나와 사키나 씨를 향해 아낌없는 박수가 쏟아졌다. 그 응원에 사키나 씨도 조심스럽게 고개를 숙여 화답했다.

"후우…… 감사해요, 사키나 씨."

"아니요, 제가 도움이 되었다면 다행이죠…… 다만……."

"혹시 아직도 신경 쓰고 있어요? 엄마?"

"윽…… 하야토 군도 참."

여기까지 와서 아직도 망설이는 거냐고, 그런 뜻을 담아 그녀를 엄마라고 불러주었다.

사키나 씨는 진심으로 기쁜 얼굴로 미소 지으며 가볍게 내 어깨를 톡 찔렀다.

원래 있던 장소로 사키나 씨를 돌려보내고, 조부모님께 잘했다는 칭찬 세례를 한참 동안 받은 뒤 소타의 옆에 앉았다.

"고생 많았네?"

"응."

소타에게 격려의 말을 듣고 아리사와 아이나 쪽으로 살짝 시선을 돌렸다.

시선이 마주치자 두 사람이 크게 손을 흔들어줘서 나도 따라서 흔들어주었다. 문득 사키나 씨와 함께 달리던 내 모습이 다른 사람들 눈에 어떻게 비쳤을지 조금 궁금했다.

아리사와 아이나의 친구들이라면 사키나 씨가 그녀의 엄마라는 것도 알고 있을 테니까…… 음, 그 부분은 지금 신경 써도 어쩔 수 없겠지.

“근데 아까 그분…… 신조네 어머님?”

“어? 아 응.”

“……너무 미인 아니냐?”

“그렇지?”

내 엄마는 아니지만 그만 자랑스러운 얼굴로 대답하고 말았다.

“왜 네가 자랑스러워 하는데?”

“나한테도 엄마 같은 분이니까.”

“그래?”

“응.”

……정말, 이런 데서 눈치도 빠르고 상냥하다니까, 두 사람 다.

그런 생각을 하며 잠시 쳐다보고 있는데, 소타가 얼굴을 붉히며 어색한 얼굴로 이런 말을 꺼냈다.

“그, 그런 식으로 쳐다보지 마…… 난 그런 취향 없거든?”

“……흠!”

"아얏?!"

그런 뜻이 아니잖아! 라는 의미를 담아 가볍게 한 방 날려주었다.

그런 대화를 하면서도 이어서 달리는 학생들을 응원하는 것도 빼먹지 않았다.

각양각색의 물건을 빌리러 가는 학생들. 아무리 찾아도 찾지 못해서 안타까움이 밀려오는 순간도 있었지만, 어쨌든 물건 빌려오기는 엄청난 열기 속에서 막을 내렸다.

"다녀왔어."

"응, 제시어가 뭐였어?"

팀 진영으로 돌아오자 아리사와 아이나가 맞이해 주었다.

"가족이었어. 처음에는 할아버지를 데려가려고 했는데 허리를 삐끗하셔서…… 급하게 사키나 씨를 데려갈 수밖에 없었어."

"그랬구나. 엄마가 엄청 기뻐 보이셨어."

"응응! 그리고 손을 이끄는 하야토 군을 보고 행복해했어♪"

내 눈에는 긴장하고 있는 것처럼 보였는데…… 뭐, 두 사람이 그렇게 말하면 그런 거겠지.

"자, 다음은 우리 차례네!"

"그러게…… 후우, 조금 긴장돼."

다음 종목은 장애물 경주였기에 두 사람이 나설 차례였다.

"힘내, 두 사람 다 있는 힘껏 응원할게."

"응!"

“알았어!”
주먹을 불끈 쥔 두 사람이 입구로 향했다.
물건 빌려오기는 3명씩 달리지만 장애물 경주는 팀별로 2명씩 총 6명이 달리게 된다.
작년에는 좀 이런저런 해프닝이 많았는데…… 올해는 괜찮으려나? 구체적으로는 발목을 잡거나 머리채를 잡거나 해서…… 꽤나 진흙탕 싸움으로 발전했던 것 같은 기억이 있었다.
『그럼 다음 종목인 장애물 경주를 시작하겠습니다. 선수분들은 입장해 주세요.』
그런 생각을 하는 사이 출전 학생들이 운동장 인에 나란히 섰다.
장애물 경주는 남녀가 함께 진행되지만, 순서에 따라 성별을 나눠서 진행하기 때문에 남녀가 뒤섞일 염려는 없었다.
시작점에 첫 순서인 6명이 나란히 섰고, 드디어 시작되었다.
『자, 장애물 경주가 시작되었습니다! 운동장을 한 바퀴 돈다는 점은 같지만 총 4개의 장애물을 넘어서야만 결승선을 통과할 수 있습니다! 반칙 없이 제대로 클리어 판정을 받은 후에 넘어가 주세요!』
언제까지 이어질 수 있을지 걱정될 정도로 텐션 높은 실황이 들려오는 가운데, 학생들이 차례차례 장애물을 공략해 나갔다.
그물 아래를 기어가는 장애물.
배트를 짚고 몸을 회전한 뒤 일정 거리를 달리는 제자리돌기.
점프해서 매달린 빵을 물어야 하는 빵 먹기.

마대에 두 다리를 넣고 깡충깡충 뛰어서 가야 하는 마대 점프.
이 네 가지가 장애물이었다.
손쉽게 클리어하는 애들도 있지만 반대로 애를 먹고 고전하는 애들도 있었다.
그물에 발이 엉키거나, 너무 돌아서 비틀거리거나, 빵을 한참 물지 못하거나, 점프하다가 그대로 넘어지거나…… 아슬아슬한 상황은 많았지만 그래도 웃음이 끊이지 않는 즐거운 종목이었다.
"……온다."
"다음은 여자……."
남자 차례가 끝나고 다음은 여자들 차례였다.
참고로 장애물은 총 4개지만 마침 우리의 눈앞이 그물을 통과하는 구간이었기에 아리사와 아이나가 오면 응원이 닿을 수 있는 거리였다.
작년과 같은 싸움이 또 벌어지진 않겠지…… 그런 긴장감 속에서 여자들의 첫 번째 경기가 시작되었다.
여섯 명이 한꺼번에 그물 앞으로 달려들었고, 그물을 들어 올려 그 아래를 지나갔다.
작년과는 달리 별탈 없이 흘러가서 안심했지만, 그래서 그런지 이 상황을 응원하면서 지켜보는 남자들의 시선이 좀 끈적하다고 할까…… 딱 사춘기 티가 느껴지는 그런 눈빛이었다.
"오오……!"
"대박……!"

여자들의 장애물 경주는 순조롭게 진행되었다.

그물을 통과하면서 서로 다리나 머리채를 잡아당기는 일도 없었다. 작년처럼 피 튀기는 난투극이 벌어지지 않았다는 사실에 일단 안심했다. 그런 덕분인지 그물에 걸려 허우적대는 여자애들의 모습에 남자들의 우렁찬 함성이 더욱 커졌다.

"우오오오오오오!"

"힘내라아아아아아아아!!"

"……맛이 갔네."

바보들뿐이다…… 그리고 마침내 아리사와 아이나의 차례가 왔다.

팀별로 2명씩 달리는 종목이었기에 두 사람이 동시에 트랙을 누비며 함께 싸울 수 있었다.

신호총 소리와 함께 여섯 명이 일제히 튀어나갔고, 아리사와 아이나가 선두로 먼저 그물 속으로 들어갔다.

"아리사! 아이나! 힘내!"

"신조 자매! 힘내라~!!"

"가라가라가라~!!"

나뿐만 아니라 소타와 카이토도 크게 소리치며 응원했다.

아리사는 여유가 없는지 필사적으로 앞을 향해 달려가고 있었고, 아이나는 그보다는 여유가 있는지 이쪽을 보고 살짝 윙크하고는 경이로운 속도로 그물 속을 헤치고 나갔다.

두 사람은 막히는 일 없이 매끄럽게 그물을 빠져나갔는데, 아직 빠져나오지 못한 선후배 몇몇이 그물에 엉켜 버려 묘한 광경이 연출되고 말았다. 하지만 그런 것에는 관심이 없는 나의 시선은 계속해서 아리사와 아이나를 뒤쫓았다.

"안으로 들어가지 않게 조심하면서 쫓아가서 응원하자."

결국 가만히 앉아 있지 못한 나는 소타와 카이토에게 그렇게 말하고 달리기 시작했다.

응원 규칙상 운동장 안에 들어가지만 않으면 이동하면서 응원하는 것도 허용되었다.

우리 외에도 그녀들의 친구들이 뒤를 쫓고 있었기에 우리도 그 무리에 합류했다.

두 번째 장애물인 제자리돌기도 어렵지 않게 돌파하고 다음은 빵 먹기다.

이 시점에서 뒷사람들과의 거리가 이미 상당히 벌어져서, 큰 실수가 없는 이상 1, 2등은 어렵지 않게 가져갈 수 있을 것 같았다.

그렇게 생각한 순간, 굉장한 광경을 보고 말았다.

"오, 오오……!"

"이, 이건……!"

소타와 카이토가 시선을 떼지 못하는 방향을 보고, 나 역시 그대로 굳어버렸다.

허공에 매달린 빵을 물기 위해 폴짝폴짝 점프하는 아리사와 아이나.

안 그래도 몸매가 뛰어난 두 사람이 뛰면 무슨 일이 벌어질까…… 그랬다, 지금도 계속 성장하고 있는 그녀들의 특대 버스트가 출렁출렁 흔들린다!

"여, 역시 아리사와 아이나……."

"가슴이 흔들리네……."

"얼른 통과해, 두 사람 다! 아, 아니, 좀 늦게 통과해, 눈이 호강하니까!"

남자애들뿐만 아니라 여자애들도 흥분했다.

나로서는 조금 못마땅한 상황이었지만, 그러면서도 방금 장면에 흥분하며 소리치는 또 다른 내가 있었다. 결국 나도 그들과 별반 다를 바 없는 존재겠지.

"응! 하아! 짜증나!"

"윽……! 이거 꽤 어렵네!"

고전하며 출렁출렁……이 아니라 출렁출렁하며 고전…… 난 대체 무슨 소리를 하는 거냐.

계속 흔들리는 두 사람의 가슴에 머리를 잠식당한 모양이다. 진정해라, 나!

가볍게 심호흡하고 마음을 가라앉히는 사이 두 사람 모두 동시에 빵을 무는 데 성공했고, 다음 코스인 마대 점프로 향했다.

"언니, 힘내! 아직 쓰러지긴 일러!"

"그렇게까지 약하진 않아! 쓸데없는 걱정이야!"

"내가 보기에는 벌써 헉헉대는 것 같은데?"

"시끄러워!"

빵 먹기에서 잠시 애를 먹은 탓에 뒤따라온 선수들이 바로 코 앞까지 따라붙어 있었다.

하지만 아이나의 도발에 불이 붙은 것인지 아리사의 움직임에도 탄력이 붙었고, 엄청난 속도로 점프하면서 나아갔다.

"또 출렁거린다!"

"으햐~!"

"거기! 멀쩡한 응원은 못 해?!"

"이건 모른 척하는 게 실례라고!"

"……왜 내가 혼나는 거야? 마음은 알겠지만."

거기에는 나도 깊이 동의하며 고개를 끄덕였다.

마대에 발을 넣은 채 아리사와 아이나는 골을 향해 큰 점프를 반복했다.

빵 먹기 때보다 훨씬 더 격렬한 점프를 하는 탓에 여러 의미로 장관이 펼쳐졌지만, 응원은 빼먹지 않았다.

그 결과── 아이나가 1등, 아리사가 2등을 차지했다.

같은 팀에서 두 명이 나오는 규칙상 상위를 두 명이 싹쓸이하면 그만큼 우리 홍팀에 점수가 들어가기 때문에 그녀들의 친구들도 펄쩍펄쩍 뛰면서 기뻐하고 있었다.

"……굉장했어."

"음, 좋았지……."

"너희, 내가 듣고 있는 걸 잊은 건 아니지?"

뭐, 나도 남말은 할 수 없지만.

두 사람에게 가벼운 촙을 한대씩 날려주고 우리도 다시 진영으로 돌아갔다.

그 후로도 응원은 물론 계속되었고, 장애물 경주가 끝난 곳에서 아리사와 아이나도 돌아왔다.

"수고했어."

"응."

"에헤헤~, 둘이 다 같이 1등 했어♪"

정확하게는 1등과 2등이었지만, 자매 모두가 상위를 차지했다는 점에는 변함이 없었다.

웃는 얼굴로 브이자를 하는 두 사람이 손을 드는 것을 보고 나 역시 손을 들어 하이파이브를 주고받았다.

"미야나가 군이랑 아오지마 군도 응원 고마워♪"

"목소리 잘 들렸어."

"그럼 다행이고!"

"헤헤, 우리도 응원받은 덕분에 더 힘낼 수 있었어!"

음흉한 눈으로 쳐다봤다는 것은…… 굳이 말하지 말자.

땀을 꽤 흘린 것을 보고 두 사람에게 수건을 건네주었다. 그러자, 잠깐 와달라는 말과 함께 손을 잡아끌기에 둘을 따라 진영 밖으로 나갔다.

그렇게 따라간 곳은 인적 없는 체육관 뒤편. 그늘진 시원한 곳에 들어서자마자 아이나가 먼저 날 안아왔다.

"얍!"

"이런."

"에헤헤♪"

그렇구나, 조금이라도 이렇게 붙어 있고 싶었던 모양이다.

그녀들은 방금까지 움직였던 탓에 나보다 더 땀을 많이 흘렸지만, 그런 것은 조금도 신경 쓰이지 않았다.

"곧 돌아가야 하지만 잠깐 이렇게 있고 싶어."

"나도 당분간 이렇게 있고 싶다."

"장애물 경주 도구들을 치우고 있으니까, 잠깐은 괜찮을 거야."

여기서 이렇게 있을 수 있는 것도 아마 5분도 채 되지 않을 것이다.

그녀들도 경기할 때마다 나를 응원하고 있으니, 이렇게 숨어서라도 보답하고 싶었다. 아니, 이건 당연한 일이다.

"우리 저기 앉을까?"

아이나의 권유에 따라 그녀들 사이에 끼이듯이 앉았다.

역시 땀을 흘린 여성에게서는 좋은 냄새가 난다. 물론 예외는 있지만, 아리사와 아이나에서 풍기는 향기는 너무나도 달콤했다.

조금이라도 바람이 불면 그것을 더 강하게 느낄 수 있는 것이 지금 내가 앉은 자리…… 최고의 특등석이네.

"하야토 군이 야한 생각을 하는 것 같은데?"

"어머, 그래?"

"아, 아니야. 두 사람의 냄새가 좋다고 생각했을 뿐이라고."

"에이…… 야한 게 아니었네."

"넌 성급하게 결론짓는 버릇 좀 고쳐."

아무래도 좋은 냄새라고 생각하는 것은 야한 일에 포함되지 않는 모양이다.

양옆에서 조금 더 다가오는 기척이 느껴지는가 싶더니, 이내 쪽 하는 소리와 함께 양 볼에 키스를 받았다.

키스가 끝난 뒤에도 두 사람은 여전히 나를 물끄러미 바라보고 있었다.

두 사람이 원하는 것은 보답이었고, 나도 당연히 하고 싶은 마음이 있었다. 벌써부터 눈을 감고 준비 태세를 갖춘 그녀들의 입술에 키스했다.

"……스포츠 음료 맛이 나는데."

방금 수분 보충할 때 먹었던 것이 스포츠 음료였으니까.

체육제와는 전혀 어울리지 않는 야릇하고 달콤한 공기가 감돌았다.

"……아리사와 아이나는 나만의 소중한 존재야."

이 공기에 자극받은 것일까, 아니면 다른 이유가 있는 것일까…… 아니, 내가 왜 이런 이야기를 했는지는 내가 가장 잘 알고 있었다.

나는 질투한 것이다. 방금의 장애물 경주에서 아리사와 아이나에게 향했던 욕망이 담긴 시선에. 이 두 사람은 나만의 존재라는 생각과 함께 독점욕이 강하게 끓어올랐다.

“맞아. 우리는 너만의 거야.”

“응♪ 나랑 언니는 하야토 군만의 여자지.”

두 사람 역시 내 말을 듣고 그 속마음을 꿰뚫어 본 것인지, 표정이 한층 더 농염해졌다.

“…….”

“으음……♪”

“앙……♪”

이런 표정을 보고도…… 심지어 지금 이 마음으로 두 사람에게 아무 짓도 하지 않는다는 선택지는 존재하지 않았다.

뻗은 손이 두 사람의 큰 가슴에 닿았고, 아프지 않은 선에서 힘을 주자 땀이 스며든 체육복 위로 내 손가락이 서서히 파고들었다. 말랑한 감촉 속에서, 내 안의 악마가 좀 더 두 사람을 멋대로 휘두르라고 속삭였다.

“아리사, 아이나…… 잠깐이라도 좋아…… 두 사람을 좀 더 느끼고 싶어.”

이 풍만함과 함께 두 사람의 몸을 더욱 만끽하고 싶었다.

그러려면 방법은 하나뿐── 두 사람의 뒤로 돌아가 양손으로 동시에 껴안으면 된다.

이럴 때만은 오만한 왕이 된 기분으로 두 사람과 알콩달콩 지내는 게 제일이었다.

“늘 상냥한 하야토 군도 좋아……. 하지만 이런 식으로 질투에 불타서 원하는 모습도 좋아♪”

"걱정할 필요는 아무것도 없어. 하지만 이렇게 해 주는 건 좋아……. 하야토 군만의 여자라는 게 몸에 새겨지는 기분이라 너무 행복해♪"

그렇게 말하며 고개를 돌린 두 사람의 입술이 나를 빨아들이듯 유혹했다.

우리는 밀착된 자세 그대로 서로를 탐하듯 격렬한 키스를 나눴다.

나도 그녀들도 머릿속 어딘가에서는 제대로 이성의 끈을 붙잡고 있었다.

이곳은 학교 부지 내였고, 얼마 안 되는 찰나의 시간이었다.

만약 여기가 집이거나 시간이 넉넉했다면 곧바로 몸을 겹치는 행위로 거의 반드시 이어졌을 것이다. 그것을 알고 있는 만큼, 남은 이성을 총동원해 지금 허용되는 선의 애정 표현에만 머무르기 위해 애썼다.

"몸…… 뜨겁네♡"

"뜨거워지지 않을 리가 없지♡"

"둘 다 너무 야하잖아."

새삼스러운 일이지만 나도 모르게 그런 말이 입 밖으로 나와 버렸다.

두 사람도 새삼스럽게 무슨 소리를 하는 거냐는 표정을 지으면서, 더욱 격렬하게 혀를 섞는 키스를 이어갔다.

이렇게 키스하다가 떠오른 것인데, 이 상태를 유지하게 해 주는 것은 이성만은 아니었다. 입에 남아 있는 스포츠 음료의 맛도 한몫했다.

말하자면, 스포츠 음료 맛의 키스였다.

입 안의 감각이 원래 가장 빨리 전달되는 것인지, 달콤한 공기 속 격렬한 키스를 나누고 그녀들의 가슴을 야하게 만지는 이 상황에서도 키스에 섞인 스포츠 음료 맛이 그 존재감을 계속 강하게 주장했다.

'참을 필요 없어'라는 생각을 저 멀리 던져주는 스포츠 음료의 맛에 우리는 동시에 웃음을 터뜨리고 말았다. 그때 다음 종목이 곧 시작된다는 방송이 들려왔다.

"하아, 벌써 끝이네."

"어쩔 수 없지. 더 하야토 군에게 마음껏 당하고 싶었는데……."

"……언니, 이제는 숨기지도 않네."

"어머, 나는 언제나 솔직하게 말하는 것뿐이야."

아이나도 전혀 숨기지 않았지만.

"먼저 돌아가! 나는 화장실에 들렀다 갈게."

"응."

"다녀와."

아이나가 자리를 뜨자 아리사가 다시 몸을 기대왔다.

방금까지 지었던 미소와는 딴판인, 이제 막 돌아가려는 지금 상황과는 너무나도 어울리지 않는 농염한 표정을 짓고 있었다.

"하야토 군, 원하는 거…… 좀 더 해도 돼."

"그……."

"응? 어떻게 하고 싶어?"

그렇게 물으면서 두 팔을 벌린 채 나를 기다리고 있다.

"내 큰 가슴을 한 번 더 즐기는 건 어때?"

툭, 내 안에서 뭔가가 끊어진 소리가 났다…… 아니, 그럼 안 되니까 아직은 참겠지만!

"……그럼 조금 더 계속해도 될까?"

"응♪"

아리사의 가슴에 얼굴을 파묻듯 끌어안았다.

달콤한 향기가 코를 타고 몸속까지 스며드는 감각에 몸을 맡기면서, 얼굴에 닿는 탄력감을 더욱 느끼고 싶어 강하게…… 더 강하게 얼굴을 꾹 눌렀다.

"후훗♪ 오늘 하루는 아직 기니까…… 이렇게 에너지를 확실히 몸에 비축해 둬야지."

"다른 에너지가 차오를 것 같은데……."

"그건 그거대로 상관없어."

"……."

아리사…… 여기가 학교라는 걸 잊은 건 아니지?

이러다가 돌아가는 게 조금이라도 늦어지고, 아이나가 그것을 눈치챈다면 분명 뭔가 있었다고 생각할 것이다. 하지만 아리사는 여전히 나를 놔줄 기색이 없었다. 이곳에 펼친 영역── 달콤한 페로몬을 풍기는 무당거미의 거미줄 같은 장소에서 날 풀어주지 않았다.

"이거면 만족해? 체육복 안에 얼굴을 넣고 직접 느껴봐도 되는데? 빨고 물고, 무슨 짓을 해도 좋아. 나는 너만의 것이고, 너만의 여자니까."

"……."

……그 후에도 한동안 나는 아리사의 감촉을 만끽했다.

이미 많은 일들이 있었던 것처럼 느껴지지만, 아직 체육제는 이제 막 시작되었다.

"우오오오오오오오오오오!"

"가라아아아아아아아아!"

"적을 쓰러뜨려라아아아아!"

"우리 홍팀이 최강이라는 걸 보여줘라아아아아!"

거의 포효에 가까운 응원이 운동장 전체에 울려 퍼지는 사이, 나와 소타도 마찬가지로 목이 터져라 응원했다.

"힘내라, 카이토오오오오오오오!"

"화려하게 한방 보여줘어어어어!"

우리들의 눈앞에는 남자들 간의 기마전이 벌어지고 있었다.

4인 1조로 이마의 머리띠를 서로 빼앗는 종목인데, 올해도 작년에 이어 어마어마할 정도의 열기를 내뿜고 있었다.

『이것이 바로 남자들의 격돌! 자존심! 영혼! 평소 쌓인 울분! 그 모든 것을 상대에게 쏟아붓는 배틀이 펼쳐지고 있습니다! 자, 전사들이여, 싸워라! 싸우고 싸워서 그 앞에 있는 영광을 챙취해라!』

우리의 열기보다 실황의 열기가 더 굉장했다.

대체 뭘 보고 뭘 상대로 싸우고 있는 건지 묻고 싶은 마음은 있었지만, 어쨌든 덕분에 열기는 더욱 뜨겁게 달아올랐다.

"위험해!"

"카이토?!"

한참을 지켜보던 순간, 카이토가 위기에 몰렸다.

처음에는 같은 수의 기마로 시작하지만, 머리띠를 빼앗겨 탈락하면 그만큼 숫자 차가 벌어진다.

다른 두 팀이 카이토가 탄 기마를 포위하며 3:1이라는 구도가 만들어졌다.

"아오지마 군……."

"괜찮을까……."

곁에 있는 아리사와 아이나까지 불안해하는 와중, 카이토가 민첩하게 몸을 움직였다.

그 움직임을 받쳐주는 아래의 세 사람도 카이토가 움직이기 쉽게 호흡을 맞췄다.

일심동체라는 말이 절로 떠오르는 움직임으로 적의 공격을 회피하더니, 이번에는 카이토가 큰 기합 소리와 함께 다가오는 상대를 역으로 쓰러뜨렸다.

"오오!"

"굉장해……!"

"끝내준다!"

"훌륭하네."

보고 있던 우리도 크게 흥분했다.

그 여세를 몰아 상대팀을 쓸어버린 카이토는 청팀과 황팀을 상대로 전승했다.

필사적으로 싸운 증거이기도 한 땀을 대량으로 흘리는 카이토가 돌아왔고, 위로의 의미를 담아 하이파이브를 했다.

"고생했다."

"굉장했어."

"그치? 열심히 했어."

최선을 다했다는 듯 만족스러운 얼굴로 카이토가 웃었다. 정말 보기 좋은 미소였다.

『이상으로 오전 프로그램은 모두 종료되었습니다. 지금부터 한 시간의 점심시간을 가진 후 오후 프로그램이 다시 시작됩니다.』

그런 안내 방송이 나오며 점심시간이 되었다.

학생들이 우르르 이동하는 것을 보며 나도 아리사와 아이나를 데리고 조부모님과 합류했다. 도시락은 이미 다 펼쳐져 있었고, 사키나 씨가 만든 큼직한 찬합 도시락에서 먹음직스러운 향이 진동했다.

"오…… 맛있겠다."

"후후, 오후를 대비해서 든든히 먹어요♪"

"이것 참, 정말 맛있어 보이는구먼."

"나도 만들고 싶었는데, 이번에는 사키나 씨에게 전부 맡겼지 뭐니."

그럴 수밖에 없었다. 할아버지도 할머니도 오늘 아침에 이곳에 합류하셨으니까.

이동 거리를 생각하면 아침 일찍 만들어 오는 것은 쉽지 않았다.

할머니가 만든 요리도 최고로 맛있지만, 그건 다음 기회에 먹는 걸로 하자.

"저기, 전 할아버지 옆에 앉아도 돼요?!"

"그럼 난 할머니 옆에 앉을까?"

개회식 전에 잠깐밖에 대화를 못 한 탓인지, 아리사도 아이나도 기다렸다는 듯이 할아버지와 할머니 곁에 자리를 잡았다.

"으하하! 그럼그럼! 귀여운 아가씨가 옆에 앉아주면 대환영이지!"

"예이~! 할아버지 피스!"

"그래, 피스다, 피스!"

"영감, 너무 흥분하면 아까처럼 또 다쳐요."

"이제 그런 실수는 안 해, 할멈. 난 이렇게 튼튼…… 윽?!?!"

"할아버지?!"

방금 우드득 하는 불길한 소리가 났는데……?

"괘, 괜찮아요?!"

"괜찮단다, 아이나. 그리고 아리사도. 젊은 애를 보고 헤벌쭉한 벌이야."

"아, 네……."

"할멈…… 말이 좀 심한 거 아닌가?"

"알아서 해요."

……털썩.

응, 괜찮은 것 같네.

아리사와 아이나는 진심으로 걱정했지만, 부부의 콩트 같은 대화에 안도의 한숨을 내쉬고는 다시 밝은 미소를 되찾았다.

나도 그런 모습을 흐뭇하게 바라보다가, 배에서 빨리 밥을 먹으라고 난리를 쳐서 손을 모으고 도시락을 먹기 시작했다.

"하압…… 음…… 맛있다."

"고마워요, 하야토 군♪"

"아니요, 감사 인사는 제가 드려야죠. 정말 맛있는 도시락이에요."

그렇게 전하자 옆에 앉은 사키나 씨가 뺨을 붉게 물들이며 미소를 지었다.

그 표정을 보니 자연스럽게 어젯밤 일이 떠올랐다.

나와 사키나 씨…… 아니, 내 안에만 잠들어 있는 기억.

"왜 그러나요?"

"아니요…… 아무것도 아니에요!"

안 그래도 숨기는 것에 서툰 편이니까 더 조심해야지……. 이 일은 무덤까지 가져가겠어!

"하압! 합! ……컥?!"

"아, 하야토 군, 물!"

대답을 얼버무리기 위해 식사를 서두른 탓에 목에 걸리고 말았다.

사키나 씨에게 받은 물을 마셔서 강제로 목에 걸린 것을 밀어내고, 기침을 몇 번 하고 나서야 겨우 진정을 찾았다.

"……후우."

"하야토, 괜찮냐?"

"괜찮니?"

"아, 응…… 죄송해요, 괜찮아요."

하, 이렇게 동요하면 다 티 나잖아.

그 사이에도 사키나 씨가 내 등을 쓸어주고 있었는데, 할아버지가 씨익 웃으며 이렇게 말했다.

"하야토와 세 사람의 대화를 보는 건 처음이다만, 정말 멋진 인연을 만났다는 생각이 드는구먼."

할아버지의 말에 할머니도 고개를 끄덕이며 말을 이었다.

"정말 그래요. 하야토가 이렇게 웃으면서 누군가와 친밀하게 지내는 모습을 보니…… 옛날 일이 떠오르네요."

옛날 일…… 아마도 엄마와 아빠가 살아계셨을 때를 말하는 거겠지.

떠날 거라는 생각은 조금도 못 하고, 언제까지나 함께할 거라 믿고 있었던 시절의 나…… 아직 가족을 잃는 것의 슬픔을 알지 못하고 애정에 둘러싸여 있던 시절의 나.

'……아니, 지금도 애정은 느끼고 있어.'

확실히 지금 내 옆에 부모님은 안 계신다.

하지만 하늘 위에서 지켜보고 계실 거다. 그래서 나는 계속 가족의 애정을 느끼고 있다—— 그렇게 믿고 있다.

"할아버지, 할머니."

젓가락을 잠시 내려두고 조부모님과 눈을 마주쳤다.

"전 정말로 행복해요. 아리사, 아이나, 사키나 씨와 만나서 진심으로 다행이라고 생각해요. 이제 와서 말하는 것도 좀 새삼스럽지만."

전화는 물론 조부모님 댁에 갔을 때도 이야기한 내용이지만, 다시 한번 전하고 싶었다. 아직 두 사람과 사귀는 걸 말하기는 어렵지만. 언젠가는 반드시 말씀드릴 생각이지만, 지금은 이것만으로도 충분했다.

"알고말고. 하야토가 행복하게 웃으며 지내주는 게 우리들에게도 행복이지."

"그래. 하지만 아리사나 아이나, 사키나 씨가 아주 조금 부럽기도 하구나. 우리도 하야토를 사랑하는 입장이다 보니, 그 행복을 일순위로 제공해 주고 싶은 마음이 있으니 말이야."

할머니는 눈을 가늘게 뜨고 그렇게 말했다.

그 시선이 옆에 앉은 아리사, 그리고 아이나, 그 다음 내 옆에 앉는 사키나 씨에게로 천천히 이동했다.

조금의 날카로움도 느껴지지만, 그 이상으로 상냥함이 가득 담긴 눈으로 할머니는 말했다.

"앞으로도 하야토를 잘 부탁드릴게요."

"할머니……."

나는 정말 얼마나 가족 복이 많은 걸까.

이 정도의 다정함과 사랑을 주는 사람들이 내 가족이라는 사실은 분명 내 인생 최고의 행운이다.

"네, 앞으로도 하야토 군 곁에 있을게요."

"맡겨주세요! 우리가 하야토 군을 계속 웃게 할 거니까요!"

"딸들이 주로 함께하겠지만, 저도 최대한 하야토 군을 지켜볼게요."

그리고 그녀들 역시 그렇게 말해 주었다.

안 그래도 눈물샘이 약해진 상황에서 또 한 번 가해진 2차 타격이 더더욱 눈물샘을 자극했다. 그래도 간신히 손수건을 눈가에 누르고 꾹 참았다.

분위기를 바꿔서.

맛있는 도시락을 앞에 두고 잠시 감상적인 분위기가 되고 말았지만, 그 이후에는 웃음이 끊이지 않는 점심시간이었다.

"할아버지, 할머니. 하야토 군에 대해 우리가 모르는 이야기 좀 들려주시면 안 돼요?"

"으하하! 아주 많지! 하야토 입장에서는 부끄러운 이야기일지도 모르지만…… 어떠냐?"

"저희랑 하야토 군은 가까운 사이니까, 그런 걸 아는 건 중요하죠. 꼭 듣고 싶어요."

"설마 영감, 그것까지 얘기할 건 아니죠? 아무리 그래도 그건 하야토가 좀 불쌍하잖아요? 늦잠을 잔 데다 오줌을 싸서 그걸 숨기려고 이불을 창밖으로 내던진 이야기는 좀."

"할머니?!"

"진짜? 그런 일이 있었어?!"

"옛날의 하야토 군, 꽤나 활동적이었네……!"

"그런 일도 있었지! ……그보다 할멈이 다 얘기했구먼."
"어머, 나도 참."
어머 나도 참으로 끝날 얘기가 아니잖아요!
갑자기 펼쳐진 흑역사 토크에 귀를 막고 싶은 기분을 느꼈지만, 아리사와 아이나가 재밌어하니 참을 수밖에, 참을 수밖에 없다!
귀를 막을 수만 있다면 얼마나 마음이 편할까.
그렇게 생각하면서도, 할아버지나 할머니의 말에서는 깊은 사랑이 담겨 있었다.
"……정말, 날 너무 좋아하시네."
이런 자의식 과잉 멘트까지 나올 정도로.
그리고 할아버지와 할머니의 입을 통해 듣는 내 이야기에 아리사와 아이나도 푹 빠져 있었다.
바로 옆에 앉은 사키나 씨도 이야기가 궁금한지 고개를 끄덕이거나 미소 짓거나 놀라면서 열심히 반응하고 있었다.
"음…… 그렇게 재밌으세요?"
"굉장히 즐겁네요♪ 이렇게 얼굴을 맞대고 이야기하니까 더 즐거워요."
"……그렇군요."
즐겁다면…… 그럼 됐지, 뭐.
조부모님은 아리사나 아이나와만 대화하지 않았다. 사키나 씨와도 여전히 대화가 부족한지 종종 대화를 나누셨다.

나에게는 그 모습이 마치 딸에게 관심을 보이는 부모 같아서…… 엄마를 상대하는 것처럼 보였다.

"허허허, 정말 즐겁구먼, 할멈."

"그러게요. 나이가 들면서 자주 깜빡깜빡하는데도, 하야토에 관한 일은 뭐든 다 기억난다니까요."

예고도 없이, 좋은 의미로 마음속에 파문을 일으키는 말이 날아들었다.

눈시울이 뜨거워져서, 잠시라도 방심하면 눈물이 터질 것 같았다. 간신히 참았지만, 예고도 없이 그런 말을 하는 건 반칙이잖아.

나는 그런 부분에 약하다고…… 아무리 마음을 다잡아도 상대가 할아버지나 할머니가 되면 눈물샘이 버티질 못한다.

"할아버지와 할머니는 하야토 군을 정말 사랑하시는군요."

"에헤헤, 우리랑 똑같네♪"

"그럼 당연하지! 하야토는 우리의 보물이니까!"

"우후후, 영감 말이 맞아요. 하야토가 웃는 얼굴을 보면 수명이 늘어나는 기분이라니까."

아, 안 되겠다. 눈물이 날 것 같은데 엄청나게 민망해.

결국 그 후에도 나에 관한 이야기로 한참 웃고 떠들며 분위기가 달아올랐고, 그러는 사이 사키나 씨가 만들어준 도시락도 깨끗하게 비웠다.

"아이나는 먹성이 좋구먼……?"

"다 너무 맛있으니까요♪"

참고로 아이나의 먹성은 여기서도 빛을 발했고, 그 모습에 할아버지가 벙찐 얼굴을 했던 것이 조금 우스웠다.

그 후 다시 조부모님과 헤어졌다.

우리는 바로 진영으로 돌아가지 않았다. 아직 시간이 좀 남기도 했고, 셋이 조용히 있고 싶어서 옥상으로 향했다.

누군가 있다면 포기할 생각이었지만, 예상대로 아무도 없었다.

다만 체육제의 소란이 여기까지 닿고 이어서, 아무도 없는 공간임에도 누군가가 떠들어대는 소리는 멀리서 들려왔다.

"음! 탁 트였네~!"

아이나가 양팔을 크게 뻗으며 기분 좋게 기지개를 켰다.

그런 그녀의 모습에 나랑 아리사는 쓴웃음을 지었고, 입구 반대 방향으로 돌아서 벽을 등지고 앉았다.

이쪽이면 햇빛도 덜하고, 주위에 배관 같은 것이 있어 누군가가 오더라도 시야가 살짝 가려진다. 이런 걸 생각하고 있는 시점에서 우리도 참 불량 학생들이네.

"20분 정도 있다가 돌아갈까?"

"그러자."

"그럼 그때까지는 꽁냥꽁냥 타임이네♪"

이렇게 셋이 모이면 그런 흐름이 되는 것도 당연했다.

옥상의 그늘이라는 장소는 바람도 적당히 불고 있어서 운동장 텐트에 있는 것보다 훨씬 더 시원했고, 시트라도 깔고 누우면 한순간에 의식이 날아갈 것 같았다.

“하야토 군의 할아버지와 할머니, 정말 다정하신 분들이야.”

“그러게. 후훗, 하야토 군은 조금 부끄러워 보였지만.”

“그…… 부끄러우니까 일단 그 화제는 피해 주면 안 될까.”

기쁘다. 정말 기쁘다.

하지만 떠올리면 기쁨과 민망함이 뒤섞여서 나도 모르게 감정이 뒤죽박죽 섞이니까 일단 멈춰주면 안 될까?!

그런 내 바람이 그녀들에게 닿았는지, 두 사람 혀끝으로 입술을 핥으며 바싹 다가왔다.

“그럼 하야토 군을 아주아주 행복하게 만들어서 아예 덮어씌워 버릴까?”

“대찬성♪ 있지, 하야토 군, 뭘 해 줬으면 좋겠어?”

“…….”

그저 꼭 붙어 있기만 해도 좋다.

그렇게 말하는 건 쉽지만, 두 사람이 원하는 것은 그런 것이 아니었다……. 정해진 시간 안에 최대한의 봉사를 하고 싶다는 것이 두 사람의 마음.

‘정말, 호사라고 해야 하나, 뭐라고 해야 하나. 언젠가 정말 벌 받는 거 아닐까.’

만약 벌이 내린다면 무슨 벌이 내릴까? 뭐, 아무래도 상관없다.

우리는 그저 연인으로서, 서로를 좋아하는 마음을 키워가고 있을 뿐이다.

“음, 그럼──.”

"뭐든 말해 줘?"

"두근두근……."

내 말이 이어지기도 전에 두 사람의 손이 아래로 내려갔다.

옥상까지 올라와 두 사람이 노골적으로 다가오는 이 상황, 오전 휴식 시간에 잠깐 닿아 있었던 일까지 겹치며 나도 당연히 흥분했다.

"솔직히 아직 학교에서 이런 걸 하는 건 좀 망설임이 있어. 그래도 이대로는 돌아갈 수 없으니까 어쩔 수 없겠지…… 그, 풀어 줄 수 있을까?"

"맡겨줘."

"응!"

두 사람은 완전히 같은 동작으로 내 앞으로 이동해 야한 봉사를 시작했다.

"난 이렇게 돌봐주는 거 정말 좋아."

"그치! 게다가 움찔거리는 것도 너무 귀여워♪"

손길도 부드럽고 혀 놀림도 능숙해서 기분이 좋았다.

내 처음이 그녀들이었던 것처럼 그녀들의 처음도 나…… 서로 이런 것을 하는 횟수가 늘어날수록 숙련도도 늘어나는 셈인데…… 정말 너무 잘해서 황홀할 정도다.

"기분 좋아?"

"응…… 최고야."

아리사가 입에 넣고 있었던 탓에 질문한 것은 아이나였다.

추르릅하는, 학교에서는 절대 들을 수 없는 음란한 소리마저 나를 흥분시키는 재료가 되어주었다. 동시에 학교에서 이런 짓을 저지르는 것에 대한 배덕감도 있었다.

"자, 다음은 나야."

"아…… 정말!"

아이나가 아리사와 교대했다.

이쪽의 반응을 살피듯 조심스럽게 움직이던 혀의 움직임이 급변했다. 아이나는 넘치는 기운을 표출하듯 격렬하게 움직였다.

허리가 들썩일 것 같은 쾌감과 싸우고 있는데, 아리사가 중얼거렸다.

"아이나를 벗겨놓고 이제 와서 참는 거야?"

"윽……."

맞는 말이다. 게다가 벗기기만 한 것이 아니라 마음껏 주무르기까지 했다.

"언니, 둘이 핥자."

"알았어."

아리사는 고개를 끄덕이고 봉사에 합류했다.

둘이서 사이좋게 핥거나 입에 넣는 것을 반복한다. 그 광경을 내려다보자 또 한 번 흥분의 불길이 일었다.

이제 곧…… 그때, 뜻밖의 사태가 발생했다.

"거봐, 역시 아무도 없잖아?"

"그러네."

"키스, 키스하자."

"좋아."

놀랍게도, 다른 학생이 방문한 것이다.

얼굴은 당연히 보이지 않았고, 목소리도 들은 적 없는 목소리였기에 우리와 아는 사이는 아닌 것 같지만, 대사로 추측하건대 연인 사이인 것 같았다.

"자, 잠깐 둘 다――."

"……후훗."

"……에헤헷."

사람이 왔는데 아리사도 아이나도 멈출 생각이 없어 보였다.

밖에서는 키스를 하고 있는 연인, 그 뒤편에서는 야한 짓을 하는 우리…… 지금 아리사와 아이나는 무슨 생각을 하고 있을까?

나를 올려다보며 즐거워하는 그녀들은 대체 무슨 생각인 걸까……?

문득 두 사람이 눈짓을 주고받는가 싶더니 갑자기 가위바위보를 시작했다.

아리사가 바위, 아이나가 가위…… 아리사의 승리다.

"아쉽네……. 그럼 언니한테 줄게."

"잘 받을게."

그런 말을 주고받은 뒤 아리사가 입에 깊게 물었다.

이쪽의 반응을 탐색하는 부드러운 움직임이 아니었다. 아이나처럼 격렬한, 완전히 끝을 내려는 듯한 움직임이었다.

"슬슬 갈까? 이다음은 체육제 후에."

"숨어서 하는 건…… 어때?"

"좋아!"

아무래도 밖의 연인들은 돌아가려는 모양이었다.

덜컹, 문이 닫힘과 동시에 나도 아리사의 입 안에서 끝을 맞이했다.

"좋겠다, 언니……."

"안 줄 거야."

꿀꺽 소리를 내며 아리사가 그것을 삼켰다.

이젠 정말…… 뭘 해도 두 사람이 너무 야하다. 이미 알고 있던 사실이지만 하루가 다르게 에로스의 레벨이 상한선을 돌파하고 있었다.

물론 야한 쪽만이 아니라, 순수한 연인으로서의 달콤한 대화도 계속해서 레벨 업하고 있었다. 후우, 무서운 아이들이야.

"고마워, 두 사람 다…… 말도 안 되게 끝내줬어."

"기뻐해 줘서 다행이야."

"그렇게 말해 주니 기쁘네♪ 하지만 조금 놀랐어. 들키면 어쩌나 하는 스릴감도 엄청 흥분됐고♡"

아이나의 말에 쓴웃음을 지었지만, 그 마음을 이해하는 나도 문제였다.

"안 된다는 걸 알면서도 금기를 깨는 것 같은 짜릿함이 있었지."

"맞아, 그거!"

"우리가 아직 젊다는 거겠지. 물론 조심해서 나쁠 건 없지만."

언제 야한 짓을 했냐는 듯 다시 편안한 분위기로 돌아온 우리는 그대로 옥상을 빠져나갔다.

오후 첫 종목은 나와 아리사가 출전하는 이인삼각이었기에, 팀 진영으로 돌아오자마자 끈으로 서로의 발을 묶었다.

『이제 오후 프로그램을 시작합니다. 이인삼각에 출전하시는 선수분들은 입구로 모여주세요.』

마침 딱 시작하는 타이밍이라, 안내 방송에 따라 입구로 향했다.

아직 출전 학생이 모이려면 시간이 좀 걸릴 것 같았다. 그렇게 생각하고 있는데, 아리사가 옆에서 다리를 어정쩡하게 오므리고 서 있었다.

화장실인가……?

그렇게 생각했는데 아니었다. 내 시선을 깨달은 그녀가 귓가에 살짝 얼굴을 대고 가르쳐 주었다.

"젖었어……."

"……어?"

젖었다니…… 혹시 그런 뜻으로?

"하야토 군 걸 만져주면서…… 그 사이에 젖었어. 더 말 안 해도 알지?"

"미, 미안해……."

완전히 내 배려가 부족했다……!

그렇지…… 남자인 나는 한번 빼면 가라앉지만, 여성은 여러모로 더 힘들겠지…….

"그렇게까지 마음 쓸 필요 없어. 하야토 군과의 야한 상상만 해도 푹 젖어버리니까……. 실제로 그런 일까지 해 버리면 이렇게 되는 건 당연한 수순이야."

"으, 응……."

여전히 마음은 쓰이지만, 일단 아리사와 아이나에게는 잠시 참아달라고 부탁할 수밖에 없었다.

"날씨도 이렇게 더우니까, 몸을 움직이면 땀이랑 다를 바 없어."

"진짜……?"

"진짜."

전혀 다르다고 생각하지만, 일단 그렇다고 해 두자.

둘이 무슨 내용을 속닥거리고 있는 거냐면서 함께 웃는데, 그녀가 문득 고개를 갸웃했다.

아리사가 시선을 돌린 곳은 조금 전까지 우리가 있었던 홍팀 진영이었다. 그곳에는 아이나가 체육복 위에 가쿠란*을 걸친 채 팔짱을 끼고 있었다.

"저거…… 뭐 하는 거지?"

"아, 저거 내가 중학교 때 입던 교복을 빌려준 거야. 기합 넣고 제대로 응원하고 싶다고 해서."

"그랬구나…… 흐음."

체육제도 후반전이다.

작년에도 그랬지만 오후부터는 어느 색 팀이든 응원이 더욱 과

---

*일본의 남학생들이 입는 교복.

열된다. 저건 아이나 나름대로 기합을 넣었다는 뜻이었다.

게다가 다른 친구들과 맞춘 것인지 그녀 주위에도 남자 교복을 걸친 여자애들의 모습이 제법 보였다.

"저렇게까지 해 준다면 더 열심히 해야겠네."

"그러게."

"게다가 봐, 다른 녀석들도 제대로 기합이 들어갔잖아?"

여자애들의 응원뿐만이 아니었다. 남자애들도 어디선가 가져온 북을 치면서 분위기를 띄우고 있었다. 그 모습을 보면 누구라도 기대에 부응하고 싶어지지 않을까.

『그럼 선수분들은 입장해 주세요.』

자, 오후 첫 번째 종목…… 열심히 해 볼까! 지금까지의 종목과 마찬가지로 선생님과 체육위원의 안내에 따라 운동장 안쪽으로 달려갔다.

물론 둘이 발을 묶은 상태였기에 어떻게 보면 이미 이인삼각은 시작된 것이나 다름없었다. 가는 길에 몇몇 팀은 벌써 균형을 잃고 비틀거리고 있었고.

"후훗, 저 애들은 훈련이 덜 됐네."

"엄청나게 거만한 말투다……."

"그럴 자격이 있으니까, 우리는."

당당하게 웃으며 가슴을 편 아리사를 보며 그것도 맞는 말이라며 웃었다.

다른 팀 앞에서 대놓고 잘난 척할 마음은 없지만, 연습 때 본

바로는 우리 이상으로 호흡이 잘 맞는 짝은 없었다.

그렇지만 이인삼각은 이어달리기 형식. 홍팀의 전원이 힘을 모아야만 승리를 쟁취할 수 있었다.

『자, 선수들이 모두 모였습니다! 매년 불타오르는 이인삼각, 올해는 어떤 전개가 펼쳐질까요! 결승선을 통과한 뒤의 모습에도 주목하세요! 잘 달렸다며 서로를 칭찬할지, 호흡이 안 맞았다며 싸울지! 그 부분도 볼거리입니다!』

진짜 최악의 멘트를 하고 있네…….

아침부터 계속 저 텐션이 이어지고 있는데, 학생들과 보호자에게는 여전히 반응이 좋아 여기저기서 웃음이 끊이질 않았다.

"제자리에, 준비~ 땅!"

선생님의 목소리와 신호총 소리로 마침내 첫 번째 조가 달리기 시작했다.

세 팀 모두 넘어지지는 않았지만 신중하게 나아가는 탓에 거의 나란히 달리고 있었다.

참고로 나와 아리사는 마지막 순서 직전이었기에 아직 차례는 좀 남았다.

"……후우."

"떨려?"

가볍게 심호흡하자 아리사에게 그런 질문이 날아왔다.

그래…… 물건 빌려오기도 그랬지만, 이런 식으로 많은 사람의 시선이 쏠리면 나도 모르게 긴장된다.

"아리사는 안 떨려?"

"나도 떨려. 하지만 하야토 군과 함께라면 괜찮아."

"그래? 그럼 나도 괜찮아."

아리사는 굉장하네.

나와 똑같이 긴장하고 있을 텐데도 표정에는 전혀 드러나지 않아서, 여전히 쿨한 미인의 모습 그대로였다.

이런 모습은 본받고 싶은데, 두 사람은 내가 표정에 드러나는 것이 귀엽다며 다 받아주니까…… 정말 나한테 너무 무르다니까, 이 두 사람은.

"하야토 군, 앞으로 가자."

"응."

어느새 우리 차례가 성큼 다가와 있었다.

상황은 홍팀이 불리했다. 청팀과 황팀은 거의 동시에 달리고 있었고 홍팀은 반 바퀴 정도 뒤처져 있었다.

그 이유는 도중에 한 팀이 넘어졌기 때문이다.

여자 쪽은 멀쩡해 보였는데 남자 쪽은 무릎이 완전 까져서 보는 나까지 아플 정도였다…….

그 후로도 반 바퀴 늦은 상태에서 순위의 변동은 없었고, 마침내 우리 차례가 왔다.

"가라! 가라! 홍팀!"

"힘내라, 힘내라! 홍팀! 힘내라, 힘내라! 홍팀!"

내내 응원해 주고 있는 아이나 일행의 목소리도 한층 더 크게 들렸고, 달려온 팀과 터치하자마자 우리는 달리기 시작했다.

반 바퀴 늦기는 했지만, 아직 포기하기는 이르다…… 그렇게 생각한 것은 여전히 아리사와의 호흡이 완벽했기 때문이었다.

'역시 어떻게 달려도 내가 생각한 대로 움직여…… 조금도 무섭지 않아.'

그랬다. 움직임에 조금의 낭비가 없었다.

연습 때와 다름없는 호흡 덕에 거리는 점점 더 좁혀졌고, 역전까지는 무리라도 일말의 가능성은 있을지도 모른다는 생각이 들었다.

그러나 그곳에서 뜻밖의 사고가 터졌다.

"멍!"

"뭐야?!"

"어?!"

갑자기 힘찬 울음소리와 함께 개가 튀어나왔다.

아마도 누군가의 반려견이겠지만, 그 개와 부딪히지 않게 움직이려 한 것이 화근이 되었다.

나도 아리사도 균형을 잃고 그대로 넘어져 버렸다.

그 순간 터져나온 비명 소리가 유달리 크게 들렸기에, 내 몸에 느껴지는 통증보다도 아리사의 몸이 더 걱정됐다.

"아리사?!"

"……아파."

아무 일도 없기를 빌었지만, 아리사가 왼쪽 발목을 누르고 있었다.

아무래도 넘어지는 순간 접질린 것인지, 얼굴을 찌푸릴 정도로 아파 보였다.

뛰쳐나온 개는 어느새 사라졌다. 주인의 품으로 돌아간 모양이었다.

“괜찮아…… 가자, 하야토 군.”

“으, 응.”

간신히 일어나기는 했지만, 도저히 뛸 수 있는 상태가 아니었다.

울려 퍼지는 응원 속에 드문드문 걱정의 말이 들려오는 가운데, 나는 잠시 어떻게 해야 하나 고민했고── 그 결과, 생각보다도 몸이 먼저 움직였다.

일단 그 자리에 몸을 굽혀 서로를 묶고 있던 끈을 풀었다.

“하야토 군……?”

“내가 널 데려갈게.”

“무슨…… 꺄악?!”

끈을 풀고 아리사를 들었다.

포즈로 보면 공주님 안기 자세였다. 상황이 상황이니까 지금만 좀 넘어갔으면 좋겠다.

“잠깐! 나 그렇게 가볍지 않은데?”

“알고 있어…… 하지만 이미 들어버렸거든.”

여자라면 언제나 가볍다는 말을 듣고 싶은 법이겠지만, 그래도 17살의 여자라면 그만한 무게는 나가는 법. 솔직히 말하면 이 상

태로 달리는 것은 꽤 힘들었다.

하지만 일단 든 이상 이제 뛸 수밖에 없잖아?

넘어진 시점에서 우리들의 꼴찌는 확정이었다.

함께 연습한 시간이 적지 않았으니 이 결과는 아리사에게도 무척 아쉬울 것이다. 그럼에도 나는 아리사와 함께 결승선을 넘고 싶었다.

"하야토~! 힘내라~!"

"이미 보여주고 있지만 남자다움을 보여줘~!!"

……핫, 저 자식들.

몸에 가해지는 부담이나 차오르는 숨, 그 모든 걸 참아내며 달리고…… 달렸다!

내가 그렇게 버틸 수 있었던 것은 친한 친구들의 응원 때문만은 아니었다.

홍팀인 동급생들, 다른 색 팀인 선후배들까지 응원해 주고 있었기 때문이다.

"하야토 군! 힘내세요!"

"하야토! 근성으로 밀고가는 거다!"

사키나 씨와 할아버지의 목소리도 들렸다.

"하야토 군! 힘내! 언니와 함께 골인하는 거야~!!"

그리고 물론 아이나의 목소리도 제대로 닿았다.

그 순간, 품에 안은 아리사의 무게가 갑자기 조금 가벼워진 것처럼 느껴졌고, 나는 숨을 쉬는 것조차 잊고 미친 듯이 다리를 움직였다.

"……힘내, 하야토 군!"

품에 안긴 아리사가 미안한 얼굴로 그렇게 말했다.

그런 얼굴 할 필요 없어, 이대로 반드시 결승선을 통과할게…… 그런 뜻을 담아 고개를 끄덕였고, 입을 크게 벌려 포효했다.

"크아아아아아아아아아아아아아아아아아아아!"

조금…… 이제 정말…… 얼마 안 남았어!

꽤 빠르게 달린다고 생각하는데도 결승선까지의 거리가 이상하게 멀게 느껴졌다. 그럼에도 아리사를 안은 채 끝까지 달려갔고, 결승선 터치는 필을 사용할 수 있는 아리사에게 맡겼다.

"……허억, 허억……!"

달리기를 마치고 나자 엄청난 박수가 터졌지만, 거기에 아무 반응을 할 수 없을 정도로 지쳐버린 나는 아리사를 내려두고 그대로 바닥에 주저앉았다.

"하야토 군, 괜찮아……?"

"응…… 근데 진짜 죽을 것 같아."

숨도 턱 끝까지 찼고 몸은 완전히 녹초가 됐다.

평범하게 달린다면 모를까, 운동장 반 바퀴 정도의 거리를 누군가를 안은 채 전력 질주해 본 적은 없었으니 이렇게 되는 것은 당연했다.

"도모토, 괜찮냐?"

"끝내줬어, 도모토!"

"완전 멋있었어!"

아리사뿐만 아니라 다른 학생들도 금세 곁으로 다가왔다. 위로의 말을 건네주기도 하고, 등에 손을 얹고 쓸어주기도 했다.

여자 쪽을 공주님 안기로 안고 달리는 것은 이인삼각 규칙에서 완전히 벗어난 행동이었지만, 그것에 대해 불만을 표하는 사람은 없어서 일단 안심했다.

"신조, 다리는 괜찮아?"

"조금 욱신거려요……. 하야토 군은 먼저 돌아가 있어."

"괜찮아?"

"응, 금방 돌아갈게."

……그렇다면 여기선 일단 선생님께 맡기기로 할까.

일단 이인삼각의 결과를 말하자면, 우리 홍팀은 최하위였지만 모든 종목을 합산한 종합 순위는 1위에 바짝 붙은 2위. 꽤 나쁘지 않은 점수였다.

"후…… 힘들어 죽겠다."

농담이 아니라…… 진짜로 피곤했다.

한동안은 팔에 아무런 힘도 주고 싶지 않았다. 그 정도의 피로를 안고 진영으로 돌아가자, 아이나를 필두로 소타와 카이토가 마중을 나왔다.

"수고했어, 하야토 군! 정말 멋있었어!"

"너 진짜 멋졌어!"

"대단한 녀석이야, 넌."

"아하하……."

이런 말을 들으니 기분은 나쁘지 않네.

다만 순순히 고맙다는 말은 나오지 않았다. 아리사의 몸에 사고가 일어난 탓에 생긴 일이었으니까.

"앗, 하야토 군! 여기 까졌는데?"

"어?"

그때야 비로소 나는 팔꿈치가 까졌다는 사실을 깨달았다.

지금까지 깨닫지 못한 것은 아마 그만큼 피곤하기도 했고, 직전까지 아리사 일로 머리가 가득했기 때문일 것이다.

별로 아프지는 않지만…… 흙이 묻어 있으니 씻는 편이 낫겠지.

"이럴 때를 대비해 물을 챙겨왔지."

"반창고도 가져왔어."

"왜 그런 걸 갖고 있어?"

준비성이 너무 철저한 거 아니냐며 쓰게 웃자, 소타와 카이토는 물 흐르듯 빠른 동작으로 상처를 씻겨준 뒤 반창고까지 붙여주었다.

"땡큐."

"천만에."

"뭘 이 정도로! 그보다…… 신조는 괜찮으려나?"

카이토가 그렇게 말하자 아이나의 얼굴에 금세 근심이 드리웠다.

그런 아이나의 불안을 덜어주고 싶은 마음에 나도 모르게 손을 잡아주었을 때, 아리사가 돌아왔다.

"아, 언니!"

"아리사! 괜찮아?!"

"다리는 어때?"

아이나와 친구들이 후다닥 달려간다. 보기엔 괜찮아 보이는데.

넘어진 순간만 통증이 강해서 걷지 못했던 것뿐인가? 돌아온 아리사가 안심하라는 말을 시작으로 상황을 설명했다.

"내가 보기엔 괜찮은데 아직 통증은 남아 있어. 걷지 못할 정도는 아니지만 더 나빠질 수도 있으니까, 이후의 종목은 다른 사람에게 맡기는 게 좋겠대."

"그렇구나……."

"뼈가 부러진 건 아니지?"

"부러졌으면 못 걸었겠지."

"앗! 그것도 그러네!"

그 너스레에 그만 웃음이 터지고 말았다.

하지만 그래…… 그 가능성도 생각하긴 했지만, 선생님께 그런 말을 들었다면 안정을 취하는 편이 좋겠지. 설령 그게 아니었다고 해도 나와 아이나는 물론 아리사의 친구들도 무조건 말렸을 것이다.

아리사의 발목에 붙은 파스를 바라보고 있는데 그녀가 내 눈앞에 다가왔다.

"미안해, 하야토 군, 걱정을 끼쳤네."

"걱정은 당연히 했지만…… 그래도 큰 부상은 아닌 거지?"

"응, 아마 괜찮을 거야. 방금 말한 대로 만일을 위해 이어달리기에는 안 나갈 거지만."

"그렇게 해. 만약 악화하는 것 같으면 사키나 씨에게 말씀드려서 병원에 가보자."

"그래…… 후훗."

"왜 웃어?"

갑자기 아리사가 입가를 손으로 가리고 웃기 시작했다.

무언가 떠올라 웃음이 나왔다기보다는, 나를 향한 사랑이 가득 담겨 있는 듯한 미소였다.

"그 사고는 예상치 못한 사고였고 물론 아프기도 했지만, 그래도 하야토 군이 다치지 않아서 다행이야."

"나는 튼튼하니까."

"어머, 근육 파열된 게 누구였더라?"

"윽……."

"그 얘기는 일단 접어두고. 잠깐이었지만 공주님이 된 기분이었어. 하야토 군, 정말 멋있었어."

"……응."

뜨겁게 달아오른 얼굴을 감추기 위해 고개를 돌려버렸다. 오히려 이런 반응이 더 티 나는 행동이라는 것을 난 대체 언제쯤에야 학습할까…….

"도모토 군, 정말 멋지던데?"

"왕자님 같았어!"

"다시 봤어."

"넌 왜 그렇게 멋있고 그러냐……."

그런 칭찬의 말을 듣고 더더욱 얼굴이 익었음은 두말할 필요도 없었다.

이인삼각 중에 난 사고로 아리사가 다리를 다치긴 했지만, 그 후에는 별 탈 없이 프로그램이 진행되었고, 마침내 체육제의 마지막 종목인 이어달리기가 시작되었다.

그리고 각 팀의 순위를 말하자면, 놀랍게도 우리 홍팀이 1등이었다.

그러나 점수 차이는 아주 근소해서, 이번 이어달리기에서 1등을 한 팀이 사실상 우승 확정이 되는 극적인 상황이었다.

『다음으로는 최종 종목인 팀별 이어달리기를 진행하겠습니다! 출전 선수…… 아니, 승리를 손에 거머쥘 대표들이여── 가슴을 펴고 용기를 장착하고 입구로 모여라!』

"우오오오오오오오오오오!"

"가자아아아아아아아아아!"

"이기는 건 우리다!"

"아니, 우리야!"

좋아, 마지막 출전이다.

짝 하고 가볍게 뺨을 쳐서 기합을 넣고 자리에서 일어났다.

함께 이어달리기에 출전하는 아이나와 카이토도 옆에 나란히 섰다. 그 표정을 보니 두 사람도 기합이 잔뜩 들어 있는 것 같아 든든했다.

"하야토 군, 아이나랑 아오지마 군도 힘내."

"응원할 테니까 열심히 하고 와!"

"그래."

"응!"

"맡겨줘!"

아리사와 소타의 몫까지 힘내자…… 그런 마음을 가슴에 품고 입구로 향한 우리는 운동장 안으로 다시 달려갔다.

마지막 종목답게 분위기는 최고조에 달해 있었다.

이 안에서 모두의 주목을 받으며 달린다고 생각하니 조금 떨렸지만, 이제 와서 긴장할 게 뭐 있냐면서 스스로를 타일렀다.

"제자리에…… 준비——."

탕 하는 신호총 소리가 울렸고, 마침내 최종 종목인 팀별 이어 달리기의 막이 올랐다.

바통을 주고받는 것을 제외하면 승패를 결정짓는 것은 결국 발의 스피드였다. 운동부가 가장 빠르긴 하겠지만, 그렇지 않은 사람도 각자가 낼 수 있는 전력을 쥐어짤 수밖에 없었다.

"우와…… 열기가 굉장하네."

"그러게."

하나같이 필사적인 얼굴로 달리고 있었다.

누구 하나 최선을 다하지 않는 사람이 없었기에, 운동장에 울려 퍼지는 응원에도…… 그리고 차례를 기다리는 내 응원에도 힘이 실릴 수밖에 없었다.

"……여기까지 온 이상 이기고 싶어."

바로 옆에 서 있던 아이나가 그렇게 말했다.

그 말을 들은 것은 근처에 있던 나와 카이토뿐…… 그리고 그런 아이나의 중얼거림에 내가 제일 먼저 반응했다.

"당연히 이겨야지."

"하야토 군……."

"누가 뭐래도 나랑 아이나, 카이토가 있잖아."

"맞아! 이왕 하는 거 이긴다! 그게 제일 최고의 마무리지!"

"아하핫! 그러네!"

그래그래, 그렇게 웃으면서 즐기면 된다.

웃는 얼굴이라고 하기에는 너무나 호전적인, 마치 눈앞의 사냥감을 노리는 표범 같은 미소였다. 이런 표정도 최고로 귀엽다…… 아니, 아이나의 미소에 넋을 놓을 게 아니라 나도 정신 차려서 제대로 해야지!

"……이긴다, 이긴다, 이긴다, 이긴다…… 응?"

그때 문득 홍팀 진영이 눈에 들어왔다.

아이나에게 내 가쿠란을 전해 받아 어깨에 걸치고 있던 아리사가, 마침 일어나서 이쪽을 바라보고 있던 탓에 시선이 딱 마주쳤다.

"……훗."

그런 아리사에게 엄지를 들어 내밀었다.

남자는 언제나 여자에게 멋진 모습을 보여주고 싶고 영웅이 되고 싶은 법이다.

여전히 아리사의 마음속에는 호박 머리를 한 내가 눌러앉아 있겠지. 이쯤에서 그렇지 않은 내 모습의 평가를 더 올려둬야겠다. 아이나나 사키나 씨에게도 마찬가지다.

"하야토 군, 앞으로 나가야 해."

"어? 아아, 미안."

이러면 안 되지.

잭에 대한 생각은 잠시 접어두고 지금은 눈앞의 일에 집중하자. 그 호박에 대한 건 머리 밖으로 잠시 밀어두는 거다, 하야토!

어디선가 잭이 얄밉게 실실대고 있는 기분이 들었지만, 난 이미 잊었다!

그러는 사이 마침내 내 앞의 달리는 카이토의 차례가 왔다.

"힘내라, 카이토."

"걱정 마."

참고로 지금으로서는 홍팀이 1등이었다.

마지막 종목인 이어달리기에는 발이 빠른 애들이 잔뜩 포진해 있었다. 카이토가 간격을 더 벌려줄 것이라 믿지만, 문제는 나였다.

설령 따라잡힌다 해도 그것을 최소한으로 막아내는 것…… 그게 내 일이 될 것 같았다.

"……다녀올게."

그 짧은 한마디만을 남기고 카이토는 바통을 받고 뛰기 시작했다.

격차를 최대한 벌려서 나와 아이나를 편하게 해 주려는 것처럼, 카이토는 그저 전력을 다해 미친 듯이 달렸다……. 그 필사적인 노력에 보답하기 위해서라도 나도 최선을 다해 뛰어야 한다!

"하야토 군, 힘내♪"

"……후우, 응."

나갈 차례를 기다리는 나에게 들려온 아이나의 작은 목소리.

진지한 목소리가 아닌, 평소와 다름없는 즐거운 목소리로 웃으며 말해 준 아이나에게 속으로 감사를 전하며 중계 지점에 섰다.

격차를 최대한 벌려준 카이토에게서 바통을―― 받았다!

그 순간부터는 아무 소리도 들리지 않았다…… 오직 이 바통을 아이나에게 무사히 넘기는 것만 생각했다.

'달려, 달려, 달려, 달려……!'

머릿속으로 계속 그 말을 주문처럼 되뇌었다.

분명 지금도 아리사와 아이나, 소타와 카이토…… 조부모님과 사키나 씨도 응원해 주고 있겠지…… 목이 터지게 응원하고 있을 것이다.

하지만 그런 소리가 들리지 않을 정도로, 나는 죽을힘을 다해 달렸다.

숨이 턱까지 차고, 다리에 한계가 와도, 운동장 한 바퀴 정도는

단 한 순간도 힘을 풀지 말고 달려보자며, 스스로 계속 채찍질했다.

"윽…… 으아아아아아아아!"

거의 다 도달했을 무렵, 저절로 그런 소리가 터졌다.

그 순간, 귓가에서 사라졌던 소리들이 부활하며 고막을 때렸고, 우렁찬 함성 사이로 내가 사랑하는 그녀들의 목소리가 선명하게 들려왔다.

"하야토 군! 힘내!"

"잘하고 있어! 그 기세야!"

그 응원이 나에게 마시막 힘을 불어넣었다.

한계를 뛰어넘는 힘이 끓어오르며, 스스로 놀랄 정도의 속도로 앞에서 기다리는 아이나에게 다가갔다.

그리고 등을 돌리고 달리기 시작한 그녀의 손에 안정적으로 바통을 올려두고 뒤를 맡겼다.

"받아!"

"응!"

달려가는 아이나의 등을 바라보며 내 구간이 끝났다는 것을 실감한 순간, 급격하게 피로가 몰려왔다.

힘들어…… 힘들어…… 엄청나게 힘들다!

달리고 있을 땐 아무 생각도 들지 않았고, 숨을 쉬는 것조차 잊었을 정도였지만, 발을 멈추자 후폭풍이 고스란히 밀려왔다.

"이럴 때가 아니지, 응원……!"

여전히 숨이 턱까지 차올라 있었지만, 곧바로 응원 태세로 전환했다.

내게서 바통을 받은 아이나는 빠른 속도로 달리면서 타고난 운동신경을 유감없이 발휘하고 있었다.

"……오."

그런 와중 아이나의 어느 부분을 보고 나도 모르게 그런 목소리가 나왔다.

장애물 경주 때에도 생각한 거지만, 저 정도로 몸매 좋은 그녀가 진심으로 달리면 어떻게 될지는 뻔하다. 그녀의 풍만한 가슴이 출렁출렁 흔들리고 있다. 아니, 춤을 추고 있다!

마지막 종목인 만큼 피날레 댄스를 추는 것일까…… 난 대체 무슨 소릴 하는 거냐.

"대박……."

"엄청 흔들리네."

"신조의 남친이 되면 저 가슴을 만질 수 있을까."

거기, 쓸데없는 소리하지 말고 응원이나 해라.

다만 나 역시 아이나의 가슴을 보고 있었으니 피차일반이지만, 남의 여친 가슴을 빤히 바라보는 것은 죄였기에 살짝 노려보며 눈빛으로만 견제해 두었다.

"힘내…… 힘내라!"

크게 소리를 질러 응원을 보냈다.

그 순간 아이나의 속도가 한층 더 빨라진 느낌이 들었다. 기분 탓이 아니다. 그녀가 내 목소리에 웃는 게 보였으니까.

"하야토, 앞으로 나가서 응원하자."

"그래."

어깨를 밀어대는 카이토의 재촉에 라인 가장자리까지 다가갔다.

역시 마지막 종목인 만큼 우리처럼 응원하는 학생의 모습은 많았고, 규칙을 크게 어기지만 않으면 주의받을 일은 없었다.

"……카이토."

"왜?"

"사람이 사력을 다하는 모습은 참 멋있네."

지금 달리고 있는 아이나도 그렇고, 이리사도 그랬다.

소타와 카이토, 함께 달려준 사키나 씨…… 그리고 많은 동급생과 선후배까지. 오늘은 그런 광경을 무수히 많이 볼 수 있었다.

그것이, 말로 표현할 수 없을 정도로 즐거웠다.

"누구나 최선을 다하는 순간은 멋진 법이니까. 자, 네 여친님 오신다."

"응."

방금 막 아이나가 다음 주자에게 바통을 넘겼다.

달리기를 마친 아이나는 숨을 거칠게 몰아쉬며 천천히 걸음을 옮기다가, 무사히 끝냈다는 표정으로 우리에게 달려왔다.

"수고했어, 아이나."

"응♪ 하야토 군도, 수고했어♪"

미소 지은 아이나가 이마를 타고 흐르는 땀을 닦았다.

나도 그렇지만 아이나도 이번 이어달리기에서 정말 전력을 다 했다. 그렇기에 이런 만족스러운 표정인 거겠지.

"그럼 하야토 군, 마지막 응원하러 갈까!"

"알았어!"

아이나의 재촉에 이어서 달리고 있는 동료들을 다시 응원하기 시작했다.

이기든 지든 이것으로 승부가 난다—— 목이 터질 정도로 열심히, 마지막의 마지막 순간까지 즐거운 마음으로 소리를 질렀다.

그리고 마침내 마지막 타자가 결승점에 다다르며 순위가 확정되었다.

결과—— 1위는 홍팀. 그 시점에서 우리 2학년의 우승이 확정되었다.

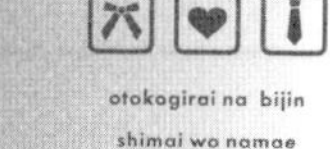

2학년으로서 맞이한 체육제는 우리 홍팀의 우승으로 막을 내렸다.

최종 집계에는 시간이 좀 걸리지만 팀별 이어달리기로 사실상 순위가 확정된 것이나 다름없었기에 마지막 주자가 골 테이프를 끊는 순간 모두가 크게 환호했다.

학생들의 함성도 컸지만 보호자들의 박수도 만만치 않았다.

함께 이어달리기에 참여했던 카이토와 하이파이브를 한 후, 아이나가 운동장 한복판에서 끌어안는 작은 해프닝이 있긴 했지만, 이 뜨거운 열기 속에 그마저 묻혀버렸다.

"……끝났다."

"끝났네."

"끝나버렸네."

축제가 지난 뒤의 적막에 아쉬움을 느끼며, 조금 감상적인 기분이 들고 말았다.

우리 홍팀은 우승의 여운을 느낀 채 체육제 뒷정리를 시작했다. 그것이 끝나야 비로소 오늘이 마무리되는 셈이었다.

"아리사와 아이나는……."

"저기 있어."

"아, 아주머니랑 다른 분들도 다 있네."

소타가 가리킨 곳을 보자 아리사와 아이나가 있었다.

사키나 씨와 조부모님은 다리를 다친 아리사를 걱정하고 계셨고, 그 옆에는 소타와 카이토의 가족도 모여 있었다.

조부모님과는 원래 아는 사이라 쳐도, 사키나 씨와는 우리가 못 본 사이에 친해지신 모양이었다.

"무슨 이야기 중이신 걸까."

"글쎄……."

소타와 카이토도 무척 궁금해 보였다.

그 마음을 모르는 것은 아니었지만, 두 사람 곁에 그들의 가족이 있다면 그보다 더 든든한 일은 없었다.

"뭐, 우리는 일단 뒷정리에 집중하자."

"그래."

"후딱 끝내고 가자."

체력이 많이 남은 것도 아니니까 빨리 끝내버리자.

선생님의 지시에 따라 도구와 텐트 등을 정리하고, 그 후에는 교실로 돌아와 간단한 종례를 하고 해산하게 되었다.

오늘은 할아버지와 할머니가 집에 계시기 때문에 바로 돌아갈 생각이었다.

"좋아, 그럼 가볼까──."

가방을 손에 들고 일어섰을 때, 교실 안에서 이런 목소리가 들려왔다.

"모처럼 우승했으니까, 뒤풀이라도 하자!"

"찬성!"

"좋아!"
"다른 반 애들도 부를까~?"
"다른 반도 따로 모이지 않을까~?"
체육제에서 우승한 여운을 즐기자는 뒤풀이 제안이 나온 것이다.
아마 패밀리 레스토랑이나 노래방에 가서 떠들썩하게 놀 생각이겠지. 하지만 나는 참가할 생각이 없었다.
반 안의 반응을 보면 반 정도의 인원이 찬성하는 느낌이었다.
이미 돌아갈 채비를 시작한 학생도 있고, 예정이 있는지 서둘러 교실을 나가는 학생도 있었다.
"읏차."
짐을 다 챙긴 뒤 자리에서 일어났다.
아리사도 함께 자리에서 일어났는데, 그녀도 아이나도 지금부터 우리 집에 올 예정이었기 때문이다.
딱히 제지하는 목소리도 없었기에 그대로 교실을 빠져나왔는데, 때마침 아이나도 교실에서 나오고 있었다.
"아이나도 마침 끝난 모양이네."
"그러게."
타이밍이 딱 맞았다.
그러나 교실을 나온 아이나를 한 남자가 쫓아왔다.
"잠깐만, 신조! 우승도 했는데 뒤풀이하러 가자!"
"볼일이 있다고 말했잖아. 끈질긴 남자는 인기 없는 거 몰라?"

남자의 부름에도 아이나는 시선조차 돌리지 않았다.

느리게 늘어지는 그 목소리는 사랑스러웠지만, 아이나의 기분이 시시각각 하강하는 게 눈에 보일 정도였다.

기본적으로 아이나는 남자에게 저런 반응을 보이지만, 나에게는 전혀 다르게 반응한다는 것을 최근 모습을 통해 많은 사람이 목격했다……. 조만간 어딘가에서 그것을 빌미로 추궁당할 날이 올지도 모르겠다.

"하야토 군은 먼저 가 있을래? 아이나는 내가 데려갈게."

"아니, 이번에는 좀 나서고 싶은 기분이라, 내가 갈게."

그렇게 전하자 아리사가 눈을 동그랗게 떴다가 이내 피식 웃었다.

그런 아리사를 데리고 아이나에게 향하자, 나를 본 그녀가 아, 하고 기쁜 얼굴로 소리를 냈다.

"미안하지만 그녀의 일정은 이미 예약돼 있거든."

"……뭐?"

당연하게도 남자는 무슨 소릴 하는 거냐는 얼굴로 이쪽을 바라보았지만, 사실이었으니까……. 그녀를 보호할 목적이라기보단 빨리 아이나와 함께 있고 싶은 남자친구로서의 정당한 이기심이었다.

"가자, 아이나."

"아…… 응♪"

"이름…… 어째서."

멍한 얼굴로 굳은 그는 내가 아이나의 이름을 부른 것에 놀라고 있었다.

같은 반 남자애들은 물론이고 이 학교 남자 전원에게 허락되지 않은 '이름'을 불렀으니까. 심지어 이름이 불린 아이나는 행복한 얼굴로 대답했다.

그것이 그의 머릿속에서 어떤 결론에 도달할지는 모르겠지만, 끈질긴 권유를 거절하는 것에는 이만한 대화는 없을 것이다.

"그런 거니까, 아이나는 내가 데려갈게."

"안녕~."

이렇게 해서 별탈 없이 아이나를 데리고 나왔다.

오늘은 동아리 활동도 없는 일괄 하교라 신발장 근처는 엄청난 학생들로 북적였다. 그곳도 어떻게든 빠져나와 우리는 귀로에 올랐다.

특별히 다른 곳에 들르지 않고 곧장 집으로 돌아오자 할머니와 사키나 씨가 맞아주었다.

"어서 오렴, 하야토. 아리사랑 아이나도."

"다녀왔습니다."

"다녀왔어요."

"다녀왔어~!"

나로서는 사키나 씨가 집에 계신 것도, 아리사와 아이나가 우리 집에 '다녀왔습니다'라고 말하는 것도 익숙했다.

하지만 할머니께 어서 오라는 말을 들으니…… 역시 좋구나 하는 생각에 조금 눈시울이 뜨거워졌다.

"할아버지는 안에 계세요?"

"……아~, 보는 게 빠르려나?"

"?"

뭐지? 할아버지한테 무슨 일이라도 있나?

살짝 불안한 마음이 들었지만, 할머니의 분위기로 보아 큰일은 아닌 듯했고 사키나 씨는 오히려 미소를 짓고 있었다…… 뭐지?

"궁금하면 거실로 가보렴."

"아, 네."

뭐야…… 대체 뭔데?

할머니의 말을 듣고 거실로 가자 할아버지가 소파 위에 누워 계셨다.

"어, 어서 와라, 하야토…… 그리고 아리사랑 아이나도."

"할아버지, 왜 그러고 있어요?"

"새, 생각보다 허리가 쑤셔서……."

아…… 오전에 있었던 그 일 때문인가.

그때는 가볍게 삐끗한 것처럼 보였고 점심에는 하나도 아파 보이지 않을 정도로 멀쩡해서 안심했는데…… 역시 나이가 문제인가.

"나이 탓이네요, 할아버지."

"나이가 문제예요, 영감."

"좀…… 다정한 말을 해 줄 순 없겠냐?"

나와 할머니가 단호하게 말하자 할아버지가 눈물을 글썽였다.
“그럼 제가 가볍게 마사지해 드릴게요!”
“정말이냐?! 이거 힘이 솟는구먼!”
할아버지도 참 알기 쉬운 분이라니까…….
그런 할아버지는 아이나에게 맡기기로 하자. 그러고 보니 아리사 쪽은 괜찮은 것일까.
“아리사는 발목 좀 어때?”
“아무렇지도 않아. 역시 일시적으로 아팠던 것 같아.”
“그래?”
겉으로 보기에 부은 것 같지도 않고, 정말 괜찮아 보여서 안심했다.
다만 내일 아침 갑자기 통증이 도질 수도 있으니 당분간은 지켜보는 것이 좋을 것 같았다.
“그건 그렇고 이만한 인원이 모이니 확실히 떠들썩하구나. 하야토가 외롭지 않다고 한 것도 어쩐지 납득이 가네.”
“그건…… 응, 맞아요.”
외로울 리가 없었다. 나는 뺨을 긁적이며 고개를 끄덕였다.
이 집은 혼자 살기에는 너무 넓었다. 하지만 그녀들이 있어서 온기가 느껴졌고, 무엇보다 혼자가 아니라는 생각이 가장 크게 들었다.
“하야토 군이 외로움을 느끼지 않게 저희가 곁에 있을게요. 그러니 안심하세요, 할머니.”

“후훗, 정말 든든하구나.”

“……정말, 너무 든든해요.”

든든한 걸 넘어서서 내 마음의 안식처나 다름없는 존재니까.

그만큼 마음을 내어준 존재이자, 앞으로도 함께 살아가고 싶은 존재이고, 잃는 것은 상상조차 하고 싶지 않은 존재였다.

“하야토 군이 우리를 의지해 주는 것처럼 우리도 하야토 군을 많이 의지하고 있어요♪”

그런 아리사의 말에 할머니는 기쁜 얼굴로 웃으셨다.

한발 물러선 곳에서 우리들을 바라보는 사키나 씨는 비록 대화에 참석하진 않았어도 다정한 눈으로 이곳을 보고 계셨고…… 어쨌든 행복해 보였다. 이런 분이 곁에 있다는 사실도 마음을 안심하게 하는 요인이었다.

그런 생각을 했기 때문일까, 할머니가 사키나 씨에게 물었다.

“이렇게 훌륭한 따님 두 분을 기르신 사키나 씨도 정말 대단해요. 하야토도 아들처럼 생각해 주고 있고…… 어떤가요? 우리 하야토가 혹시 엄마라고 부르는 일은 없나요?”

“우후훗, 가끔 있다……라고만 말해 둘까요♪”

“…….”

아, 이건 또 100% 민망한 화제가 나오겠구나, 속으로 직감했다.

가만히 있을 수 없었던 나는 화장실에 간다는 말만 남기고 일어나서 도망치기로 했다.

그치만 부끄러운 건 어쩔 수 없잖아?

"……후우."

볼일을 본 뒤엔 곧바로 거실로 돌아가지 않았다.

부모님께 오늘 있었던 이야기를 좀 하고 싶어서 불단 앞에 앉아 향을 올리고 손을 모았다.

"특별히 이렇다 할 일은 없었는데, 우리 팀이 이겼어. 그리고──."

한번 입을 떼기 시작하자 이야깃거리가 끝도 없이 이어졌다.

생각보다 오래 앉아 있었다는 것을 깨닫고 슬슬 돌아가려고 방 밖으로 나가자, 할머니가 복도에 서 계셨다.

"할머니?"

"카스미와 카나타에게 오늘 일에 대해 이야기하고 있었니?"

"네."

"그래…… 분명 두 사람 다 기뻐할 거란다."

그렇다면 좋겠다…… 아니, 분명 그럴 것이라고 생각하며 웃었다.

"있잖니, 하야토."

"왜요?"

"너에게 있어서 저 아이들은…… 정말 소중한 아이들이구나."

중요한 아이들…… 맞는 말이었기에 고개를 끄덕였다.

하지만 할머니의 말에는 그 이상의 의미가 담겨있는 것처럼 느껴졌다.

마치 우리들의 관계 자체를 꿰뚫어 보는 느낌이었다.

"아리사와 아이나는 정말 멋진 애들이야. 상냥할 뿐만 아니라 제대로 된 신념도 갖고 있고…… 그리고 무엇보다 널 진심으로 소중하게 생각하고 있더구나."

"……."

"정말 좋은 아이들을 만났구나."

"할머니……."

……정말로, 할머니에게는 당해낼 수 없다.

부드럽게 머리를 쓰다듬어 온 할머니는 그 이상은 묻지 않고 모두에게 돌아가자며 내 손을 잡아끌었다.

이렇게 할머니의 손을 잡고 가자 어렸을 때가 생각났다.

엄마의 본가에 갔을 때, 이렇게 손을 잡고 자주 동네를 데리고 다니셨었다.

"할머니, 이 구도 좀 그립지 않아요?"

"맞아. 나도 같은 생각을 하고 있었단다."

"……하핫."

"후훗."

역시 생각하는 건 똑같구나.

그 후 모두가 있는 곳으로 돌아갔는데, 할아버지는 완전히 녹아내린 표정을 짓고 있었고, 아이나는 만족스러운 얼굴로 숨을 내쉬고 있었다.

"천국에…… 온 것 같구먼."

"엄마한테도 보증받은 특제 마사지가 마음에 든 것 같아서 다행이에요♪"

아하, 아이나의 마사지가 말도 안 되게 기분이 좋으셨던 모양이다.

지금까지 본 적 없을 정도로 표정이 풀린 할아버지의 모습에 할머니가 웃음을 터뜨리며 이렇게 말했다.

"영감? 그대로 천국에 가도 괜찮아요."

"그, 그런 농담 말게, 할멈……!"

할머니의 말에 할아버지는 후다닥 표정을 바꾸셨다.

하지만 그런 할아버지를 보고 이번에는 생각지 못한 곳에서 공격이 날아왔다.

"이……? 그럼 제 마사지가 하나도 기분 좋지 않았다는 건가요? 흑…… 할머니이……!"

"잠깐?! 아이나?! 그런 뜻이 아닌데?!"

아이나가 고개를 숙이며 그렇게 말한 것이다.

우린 그게 할아버지를 놀리기 위한 연기라는 걸 알고 있었지만, 할아버지는 잔뜩 당황한 표정으로 허둥대고 있었다.

그리고 무엇보다 할머니는 할아버지 한정으로 장난꾸러기가 되신다.

할머니는 아이나를 손짓해 부드럽게 안아주더니 머리를 쓰다듬었다.

"그래그래, 정말 고약한 영감이구나…… 이런 어린애한테 마사지까지 시켜놓고 말이야."

"흐엥…… 할머니~."

"정말 악질이네요, 안 그래요?"

"……하야토~ 도와주면 안 되겠냐?"

할아버지에게서 굉장히 한심한 목소리가 나왔다.

참고로 아리사와 사키나 씨는 이 대화를 즐거운 얼굴로 구경만 할 뿐 할아버지를 도와줄 마음은 조금도 없어 보이는 게 조금 웃겼다.

이렇게 되면 내가 할아버지를 도와드릴 수밖에 없나…… 오늘만큼은 할아버지의 영웅이 되기로 했다.

"뭐, 난 할아버지 편이야."

"하야토~!"

완전히 남자 대 여자 구도가 되어버렸는데, 도저히 이길 수 있을 것 같지 않았다.

그야 저쪽에는 아리사와 아이나, 사키나 씨에 할머니까지 있잖아? 할머니가 최강이고, 할아버지는 전력적으로 기대할 수 없고…… 잠깐, 어쩌면 내가 제일 최하위인가……?

어쨌든 그렇게 즐겁게 웃고 떠드는 시간에도 끝은 찾아온다.

조부모님이 타고 돌아가야 하는 버스 시간이 가까워졌기 때문이다.

"아…… 벌써 시간이 이렇게 됐네."

"아쉽다……."

아리사와 아이나가 진심으로 아쉬워했지만 어쩔 수 없는 일이었다.

그래도 이렇게 서로 얼굴을 익혔으니, 앞으로는 부담 없이 만날 일도 더 많아질 거라고 생각한다.

낮에도 이야기했지만, 우리 쪽에서 조부모님 댁으로 가는 일도 있을 테니까, 너무 부정적으로 생각할 필요는 없겠지.

"어머, 이렇게 아쉬워해 주다니…… 정말 기쁘네요, 영감."

"그렇구먼."

……두 분이 그렇게 말해 주는 것이 무엇보다 기쁘다.

그리고 버스 정류장까지 배웅한 우리는 버스가 보이지 않게 될 때까지 계속 손을 흔들었다.

"다음에는 우리가 지쪽으로 가고 싶어요."

"그때는 운전을 부탁드려도 될까요?"

"그야 물론이죠! 우후후, 밭일을 배우는 게 기대되네요."

오…… 사키나 씨가 밭일에 흥미를 보이다니! 아까 할머니에게 그에 관한 이야기를 듣고 관심을 보이긴 했는데, 어쩌면 미미시와 아이나 이상으로 사키나 씨가 더 가고 싶어 할지도 모르겠네.

"주말 텃밭 같은 것도 괜찮지 않을까요?"

"생각해 봐도 좋겠네요."

만약 그렇게 된다면 사키나 씨가 기른 야채도 맛보고 싶었다.

그 후 곧장 집으로 돌아왔는데, 그때 마침 사키나 씨에게 업무 관련 미팅 연락이 들어와 7시 정도까지 자리를 비우게 되었다.

저녁까지는 집에 돌아오신다고 했지만, 만약 그 이상 늦어진다면 연락을 주기로 했다.

"근데."

"응?"

"갑자기 뭐야?"

"우리…… 그렇게나 땀을 흘렸는데도 샤워를 안 했어!"

아, 그러고 보니 그랬네.

조부모님과의 대화에 열중하느라 잊고 있었다. 별로 신경도 안 쓰였고…… 하지만 한번 의식하고 나니까 신기하게도 피부의 끈적임이 엄청 신경 쓰이기 시작했다.

"이미 저녁이니까 지금 들어갈까?"

"그러자. 그럼 준비하고 올게."

그렇게 말하며 욕실로 갔더니 이미 따뜻한 물이 준비되어 있었다.

어쩌면 할머니가 준비해 놓고 가신 것일까? 만약 그렇다면 밤에 감사 연락을 드려야겠다. 일단 아리사와 아이나에게 바로 들어갈 수 있다고 전해 줘야지.

"이미 준비돼 있어. 할머니나 사키나 씨가 하신 것 같아."

"어머, 그래?"

"그렇구나! 그럼 언니, 가위바위보 하자!"

"좋아."

"……엥?"

갑작스럽게 치러진 가위바위보의 승자는 아리사였다.

결과에 분통을 터뜨리는 아이나를 뒤로하고, 나는 아리사와 함께 목욕하게 되었다. 아무래도 이것을 위한 가위바위보였던 모양이다.

"하야토 군, 싫었어? 역시 혼자 느긋하게 하는 편이 좋아?"

"아니, 아리사와 함께 목욕이라니 대환영이야."

"그럼 다행이다♪"

아리사, 아이나와의 목욕은 언제나 대환영이다.

난 이미 이전의 내가 아니고, 부끄러워할 이유도 없으니까.

그렇게 생각하면, 정말로 몇 개월 전의 나의 인내심에 박수를 보내주고 싶었다.

탈의실에서 옷을 벗을 때도 예전처럼 하체를 수건으로 가리지도, 아리사의 아름다운 육체에서 시선을 돌리지도 않았다.

"……하아♡"

"왜 그래?"

"후훗, 미안해. 이렇게 하야토 군과 알몸으로 마주하면 내 안의 여자가 깨어나서 널 원하게 되거든…… 이 감각이 너무 좋아. 그만큼 네게 푹 빠졌다는 뜻인 것 같아서 기뻐져."

"……너무 야해."

"새삼스러운 이야기네."

스스로가 야하다는 것을 자각하고 있다는 점이 야했다. 후우.

끓어오르는 마음을 간신이 억눌렀지만, 욕실에 들어간 순간에 아리사가 정면에서 와락 안았다.

가슴팍에 뭉개지는 커다란 가슴골로 시선이 쏠렸지만, 이내 아리사가 얼굴을 가까이 대고 키스를 해왔다.

"응…… 쪽."

타액이 섞이는 끈적한 키스였다.

낮의 일도 있어서 인내심의 한계가 온 거겠지. 하지만 그건 나도 마찬가지였다.

키스를 이어가며 아리사의 몸을 어루만지고 준비를 끝냈다.

아이나에게 들리지 않게 하려고 아리사가 입을 손으로 눌렀지만, 참지 못하고 새어 나오는 요염한 목소리가 욕실 안에서 조용히 울려 퍼졌다.

"목소리, 안 참으면 아이나가 들을 텐데?"

"참을 수 있을 리가…… 응?!"

……역시 이 이상은 위험할 것 같아 샤워기에서 뜨거운 물을 틀었다.

머리부터 쏟아지는 물줄기 덕분에 아리사의 목소리는 묻혔지만, 반대로 그 덕에 참지 않아도 된다고 생각했는지 벽에 손을 대고 이쪽을 향해 엉덩이를 내밀었다.

어느 틈에 가져왔는지 입에 콘돔을 문 채로 엉덩이를 흔드는 그 모습은 에로 만화에 나오는 여주인공 그 자체였다……. 너무 야하잖아!

"부탁해…… 날 채워줘♡"

오늘 한정으로…… 아니, 오늘만이 아니다.

이렇게 함께 목욕을 한 시점에서 이미 결말은 정해져 있었다.

▶▷

"하야토 군과 언니가…… 하고 있는 것 같아!"

번뜩, 그런 예감이 들었다.

설마 하면서도 천천히 욕실로 다가갔다. 그리고 예상대로 물소리에 섞여 언니의 야한 목소리가 울려 퍼지고 있었다.

"하여간 어쩔 수 없네."

점심 일 이후부터 나도 참고 있었는데!

하지만 만약 언니에게 가위바위보에서 이겼다면 지금쯤 내가 저러고 있었을 것이다. 그렇게 생각하면 쳐들어가서 불평할 수는 없겠지.

『응…… 하야토 군…… 거기…….』

아마 내가 듣고 있다고는 생각 못 하겠지.

지금까지 셋이 함께하는 시간이 더 많았고 둘만 따로 있는 일은 그렇게 많지 않았다. 보통이라면 말도 안 되는 일일지도 모르지만, 우리 자매는 기본적으로 늘 붙어 다니니까 그것이 오히려 평범한 일이었다.

"오늘은 정말로 즐거웠지……."

오늘은 즐거움을 꽉꽉 눌러 담은 듯한 하루였다.

분명 앞으로 며칠은…… 아니, 어쩌면 더 긴 시간 오늘을 떠올릴 정도로, 그만큼 나에게 있어서 최고의 하루였다.

"하야토 군…… 멋있었지."

엄마 손을 잡고 달리는 모습은 왕자님 같았다.

언니를 공주님처럼 안고 달리는 모습도 왕자님 같았다.

이어달리기 때 나에게 필사적으로 달려오는 모습도 왕자님…… 아니, 이러면 죄다 왕자님이잖아!

그래도 틀린 말은 아니니까 상관없어!

하야토 군은 우리들의 왕자님 같은 존재니까!

"읏…… 아아, 나도 하야토 군이랑 하고 싶어~!"

떼쓰는 아이처럼 발을 동동 굴렀다.

나는 이렇게 참고 있는데, 하야토 군과 언니는 지금도 계속 야한 짓을 하고 있겠지…… 부~러~워!

"……흥이다. 하야토 군이랑 언니가 잘못한 거야. 이런 상황에서 내가 어떻게 참아?"

엄마는 한동안 돌아오지 않으실 테고, 그럼 나도 괜찮겠지.

완전히 이성을 던져버린 나는 바구니에 담겨져 있던 하야토 군의 팬티를 집어들고 얼굴에 대고 냄새를 들이마셨다.

"음…… 읏?! 응?!"

순간 머리가 찌릿했다.

스스로 놀랄 정도로 찌릿한 감각이 머리부터 등줄기를 타고 발끝까지 흘러가는 느낌이었다.

"굉장해……♡"

한순간에 무너지는 감각이야…….

오늘 하야토 군의 팬티에는…… 수컷의 향기가 넘칠 정도로 가득했다.

날이 더운 탓에 땀도 많이 묻었고, 점심에 풀어줬는데도 아직 고여 있는 진한 남자의 향기가 여기에…… 아, 위험해.

"……흐냐아."

고양이 같은 소리를 낸 나는 그 자리에 풀썩 주저앉고 말았다.

전신에서 힘이 쑥 빠져나갔을 정도로 하야토 군의 냄새에 잠식당한 나는…… 당장 이 들끓는 열을 풀어야 한다는 생각밖에 들지 않았다.

아주 잠깐만이라도…… 지금 조금이라도 발산하지 않으면 정신이 나가버릴 것만 같았다.

『하야토 군…… 하야토 군……♡』

"……남의 속도 모르고…… 아주 즐거워 보이네♡"

퍽퍽, 살과 살이 부딪치는 소리. 그 안에 섞이는 언니의 교성, 하야토 군의 거친 숨소리…… 그리고 거기에 더해지는 내 목소리.

『……아……♡』

"더는 안 돼……♡"

스스로 몸을 위로하는 사이, 끝은 언니와 동시에 찾아왔다.

천국에 날아갈 듯한 강렬한 쾌감이 머릿속을 관통하며 눈앞에 새하얘졌다. 아, 정말 기분 좋아.

"……하지만 부족해…… 부족해……!!"

한참 부족해…… 이 정도로는 전혀 부족해!

채워줘…… 하야토 군 걸로 내 여기를 채워줬으면 좋겠어…… 하야토 군과 같이 느끼고 싶어…… 하야토 군으로 날 가득차게 만들어줘…… 녹아버릴 정도로 사랑해 줘!

"……하아…… 하아♡"

더 이상 여기에 있으면 들키겠다. 슬슬 돌아가자.

하야토 군과 언니가 눈치채지 못하게 곧바로 거실로 돌아왔지만, 여전히 뜨거운 몸은 가라앉을 생각을 하지 않았다.

확실히 약간의 발산은 되었지만, 오히려 하야토 군을 원하는 마음은 더 강해진 기분이다. 분명 그렇다.

"……이건…… 안 되겠네."

방심하자 또다시 하야토 군이 내 머릿속을 점령했다. 나도 모르게 두 손이 각각 나를 기분 좋게 하는 장소를 더듬고 있었다. 내가 이렇게 성욕이 강했었나.

"……에헤헤, 이미 알고 있던 거지만."

좋아하는 사람이 상대라면 이렇게 되는 것은 당연하다.

그런 생각을 하자 야한 마음이 조금 가라앉고 호흡도 정상으로 돌아왔다.

"후우, 개운하다."

"아, 어서 와~."

잠옷 차림의 하야토 군이 돌아왔다.

언니는 아직 씻고 있나? 아니면 머리를 말리는 중인가……? 어느 쪽이든 나도 조금 더 기다려야겠다.

"아이나."
"응~?"
그때 하야토 군이 내 어깨에 살짝 손을 얹었다.
"왜 그래?"
"그…… 밤에, 꼭 상대해 줄게."
"……아."
얼굴을 붉힌 하야토 군이 그렇게 말했다는 건…… 혹시?
"혹시, 눈치챘어?"
"응…… 아리사는 눈치채지 못했지만."
"……."
부, 부끄러운데요오오오오오오오?!
하야토 군이 상대해 준다니…… 물론 그러길 원하고, 안 해 주면 서운했겠지만…… 그래도 그 모습을 들켰다는 건 솔직히 부끄러운데?!
딱히 몸을 섞는 것 자체에 부끄러움은 없지만, 혼자 몰래 야한 짓을 하는 모습을 들켜버린 건 완전 부끄러워!
"……꼭이야?"
"응."
"진짜 진짜다? 잔뜩 할 거야?!"
"알았어."
하지만…… 역시 하야토 군과 몸을 섞을 수만 있다면 상관없어♪
벌써부터 밤이 기다려진다. 부끄러움 이상으로, 하야토 군을

향한 사랑이 넘쳐나서 멈추지 않아♪

▶▷

“하야토 군, 왜 그래?”

“아니 그냥…… 최고의 밤이구나 싶어서.”

“에헤헤~ 그렇구나♪”

밖은 이미 어둑해졌고, 곧 해가 넘어간다.

다른 방에 있는 아리사와 사키나 씨는 이미 잠들었겠지만, 나와 아이나는 아직 깨어 있었다…… 더 정확히 말하자면, 방금까지 서로 내내 알몸이었다.

“체육제의 여운도 아직 남아 있고…… 눈을 감으면 그때의 소란스러움이 머릿속에 그대로 되살아나는 기분이야.”

“아, 무슨 느낌인지 알아! 축제가 끝났을 때랑 비슷한 느낌 말이지!”

“맞아, 맞아. 그거.”

“하지만 정말 즐거웠어.”

“응.”

진한 여운이 남을 정도로 좋은 시간을 보냈다.

오늘 하루를 최고의 추억으로 만들자고 생각했었는데…… 이런 식으로 감상에 젖어 있는 시점에서 이미 목적은 달성한 셈이었다.

“나는 말이지…… 이런 날 하야토 군과 함께 있을 수 있는 것 자체가 너무 좋아! 그리고 그 하루의 마무리에 하야토 군과 사랑을 나눈 건 더 좋고!”

“그건 나도 마찬가지야. 요즘은 기회만 있으면 늘 하는 것 같지만.”

“좋잖아? 그만큼 우리 사랑이 크다는 뜻이니까♪”

뭐, 그렇지……라고 생각하며 나는 웃었다.

특별히 누군가에게 폐를 끼치는 것도 아니고, 지금까지 함께하던 시간에 이런 일이 더해졌을 뿐. 하지만 그녀들과 사랑을 키우면 키울수록 그녀들을 향한 마음은 끝도 없이 커져만 갔다.

이제 나는 그녀들에게서 벗어날 수 없다. 언젠가 말했던 사랑의 늪이라는 곳에서 영원히, 빠져나올 수 없겠지.

“윽…….”

“으흠~? 왜 그러시는 걸까냥?”

방금까지 우리는 몸을 겹치고 있었다.

나도 아이나도 만족했음은 두말할 필요도 없지만, 지금의 그녀…… 잠옷 단추를 완전히 풀고 있는 그녀를 보고 있자 가라앉았던 성욕이 다시금 고개를 내밀었다.

“아직 이것도 남아 있고, 원한다면 더 할 수도 있는데?”

노골적으로 도발하는 듯한 표정이었다.

손가락에 낀 미개봉 콘돔을 살랑살랑 흔들며 준비도 완벽하다는 것을 어필하는 아이나의 모습에, 나는…… 깊은 한숨을 내쉬며 역시 오늘은 그만하자며 고개를 저었다.

"하긴 그렇지. 역시 피곤하기도 할 테고……. 하지만 조금 아쉽다."

"부탁이니까 이걸로 정떨어지진 말아줘."

"아하하, 그런 일 없어, 절대. 말해 두지만, 난 하야토 군이 나를 미워하게 되지 않는 한 떠나지 않을 거야. 아, 아니다…… 미움받더라도 떠나고 싶진 않지만, 내가 하야토 군을 미워하게 될 일은 없으니까."

불안함에 살짝 흔들리는 눈동자로 아이나가 나를 올려다보았다.

그런 그녀의 모습이 참을 수 없이 귀여워서, 당장이라도 품에 안지 않으면 마음이 놓이지 않을 것 같아 쓰러뜨리듯이 침대에 눕혔다.

"꺄앙, 덮쳐진다~♪"

당연히 하지는 않을 거지만.

그런 장난을 치면서도 아이나도 그 이상 강요할 생각은 없는지, 커다란 하품을 하며 내 가슴에 얼굴을 파묻었다.

"이렇게 행복해도 되는 걸까?"

"돼. 왜냐하면 행복은 누구에게나 주어지는 거고…… 우리의 행복은 누구에게도 안 된다는 소릴 들을 이유가 없으니까."

"그래…… 그렇지. 우리들만의 행복이지."

"맞아! 신도 빼앗을 수 없고, 만약 빼앗으려 한다면 내가 신이든 뭐든 저주하고 응징할 거야."

"그건…… 무섭네."

"그치~? 나를 화나게 하면 무섭다고."

음, 솔직히 하나도 안 무섭다.

너무 귀엽고 너무 야해서 여신 같다는 생각밖에 안 든다……. 자신의 여자친구를 보고 이런 생각을 할 수 있다는 것도 정말 행복한 일이었다.

그렇게 생각하니 더 귀엽고 예뻐서 가만히 놔둘 수가 없었다.

조금 흐트러져 있는 아이나의 머리에 손을 얹고 천천히 쓰다듬었다.

고개를 든 아이나는 눈을 가늘게 뜨고 내 손길을 받으며 기분좋게 목을 가르릉거린…… 잠깐, 이러면 완전히 고양이잖아.

"방금 날 고양이 같다고 생각했지?"

"생각했어."

"빙고~! 하지만 만약…… 내가 고양이 수인 같은 존재였다면 하야토 군이 힘들었을걸?"

"내가? 왜?"

"발정기 때 장난 아니었을 테니까. 어쩌면 종일 이어져 있으려고 할지도 몰라."

"아, 그럼 죽을지도……."

"아하하♪"

즐거운 얼굴로 웃은 아이나는 문득 생각난 얼굴로 화제를 돌렸다.

"체육제는 끝났지만 또 조금 있으면 이번에는 문화제잖아? 어떤 걸 하게 될까?"

"아~."

우리 학교는 체육제가 끝나면 얼마 지나지 않아 문화제를 연다.

매년 반에서 이런저런 의견을 수렴해 전시물을 선보이는데, 올해는 뭘 하려나?

메이드 카페나 코스프레 카페 같은 것도 좀 해 보고 싶었다.

기본적으로 카페류가 정석이기도 하니까.

"코스프레 카페는 어때?"

"좋다! 버니걸 하면 귀엽지 않을까?"

"……귀엽고 야해."

"이상한 손님이 와도 하야토 군이 지켜줄 거지?"

"당연하지."

문화제는 다른 학교의 학생들도 방문한다. 이상한 손님이 없다고는 단언할 수 없다. 만약 그런 사람이 있으면 나는 몸을 던져서라도 지킬 것이다.

반드시 아이나를…… 아리사를 지키겠다.

본인의 여자친구를 지키지 못하는 것은 가장 있어선 안 될 일이고, 애초에 나 자신이 그런 것을 용납할 수 없었다.

"오늘 하야토 군, 정말 멋있었어."

"그래?"

"응."

나는 그저 필사적으로 한 것뿐이다.

하지만 어떤 일을 했다고 해도, 얼마나 애썼다고 해도, 칭찬받는 것은 좋았다. 멋지다는 소리를 듣는 것은 더더욱.

정말이지 이 애는…… 이 애들은 얼마나 날 정신 못 차리게 만들어야 만족할까?

안 그래도 좋아서 죽을 정도인데, 대체 어디까지 날 더 깊이 빠뜨리려는 것일까.

"읍?!"

그래서…… 참지 못하고 키스했다.

놀라는 아이나의 입술을 벌리고 혀를 밀어 넣었다. 이 마음을 그대로 전하려는 것처럼.

몇 분 동안 그러고 있었을까.

충분히 만족하고 얼굴을 떼자, 아이나는 또다시 스위치가 켜진 것인지 나를 멍하니 바라보았다.

"하, 하야토 군…… 이건 너무한 거 아냐?! 이런 식으로 스위치를 켜놓고 오늘은 여기까지, 라는 건 너무 잔인하잖아?!"

"음, 그런가?"

"당연하지!"

……그렇다고 한다.

조금 더 가벼운 방식으로 마음을 전했어야 했나 싶었지만, 아이나의 스위치를 켜버린 책임을 지기 위해 조금만 더 힘내 보기로 했다.

이리하여 1년에 한 번 있는 체육제…… 그 밤이 지나갔다.

제대로 마음에 새길 수 있는 추억이자, 나에게도…… 그리고 그녀들에게도 최고의 하루였다.

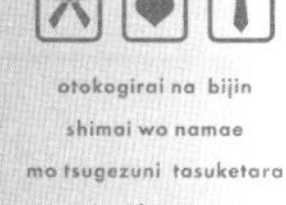

체육제가 끝나고 며칠 뒤의 일이었다.

요즘 들어 아리사와 아이나가 자주 하는 말이 있었다—— 바로 가슴이 또 커졌다는 것.

가슴이 커졌다는 것은 그만큼 성장했다는 뜻이었다.

그렇지 않아도 발육이 너무 좋아서 폭유라고 해도 무방할 정도인데, 그것이 아직도 성장 중이라니…… 정말로 굉장하다.

『하야토 군이 잔뜩 만져준 덕분이야.』

『하야토 군의 사랑으로 커지고 있는 거야♪』

두 사람이 말하기를, 그렇다고 한다.

확실히 만지면 커진다느니 섹스하면 여성 호르몬 등이 분비된다느니…… 그런 이야기가 있다지만, 그냥 소문이라고만 생각했다.

하지만 실제로 아리사도 아이나도 가슴이 커졌다.

겉보기에는 티가 덜 날 수도 있지만, 두 사람의 가슴을 늘 보는 나조차 느낄 정도이니 정말 커진 것이 맞았다.

"……후우, 진짜 긴장된다."

지금 내가 있는 곳은 사키나 씨가 경영하는 가게였다.

아리사나 아이나가 속옷을 산다면 당연히 사키나 씨의 가게에서 살 테니 이상한 일은 아니다.

하지만 작년이었나?

사키나 씨에게 속옷을 선물 받은 적도 있는 것 같은데, 그때보다 더 커졌다는 뜻이니까…… 정말 굉장하네, 두 사람 다.

"하야토 군."

"사키나 씨!"

사키나 씨의 가게라고는 해도, 혼자 기다리는 것은 조금 긴장된다.

그런 지금의 나에게 사키나 씨는 그야말로 구세주 같은 존재였다. 나는 마치 부모를 발견한 아이처럼 쪼르르 달려갔다.

"죄송해요, 잠깐이라고는 해도 혼자 있게 했네요."

"괜찮아요. 좀 긴장은 했지만."

"그러면 손을 잡을까요?"

"아, 네."

손을 꼭 잡고, 그대로 관계자 외 출입금지 구역으로 향했다.

생각해 보니 이렇게 사키나 씨의 가게에 온 것은 처음인데, 직원들의 시선이 이상할 정도로 따뜻해서 오히려 당황스러울 지경이었다.

"여기서 일하는 사람들은 모두 하야토 군을 알고 있어요. 얼굴을 안다는 뜻이 아니라, 제가 하도 이야기를 많이 해서요."

"아, 그렇군요."

"네♪"

아하, 그래서 저런 눈빛이었던 건가.

안 좋게 보는 것보다는 훨씬 나으니 안심했지만…… 하지만 이런 종류의 가게다 보니 긴장감은 쉽게 사라지지 않았다.

"여기예요. 둘 다, 들어가도 될까?"

『괜찮아요.』

『들어와~.』

안에서 들린 것은 아리사와 아이나의 목소리였다.

"들어가보세요. 저는 볼일이 좀 있으니까 이따 다시 올게요."

사키나 씨의 손짓에 문을 열고 안으로 들어갔다.

그 안에는 당연하지만 속옷 차림을 한 두 사람이 있었다. 미인에다 몸매까지 완벽한 두 사람의 속옷 차림은 너무나도 야해서, 나도 모르게 오, 하는 감탄사가 튀어나왔다.

"정신없이 쳐다보네, 하야토 군."

"기뻐♪"

새삼스럽다고 할 수 있을 정도로 두 사람의 속옷 차림은 익숙한 풍경이었다.

하지만 이 장소가 주는 분위기 때문인지, 마치 처음 보는 듯한 두근거림을 느끼며 바라보게 된다…… 뭐, 긴장한 것뿐이지만.

"더 봐줘."

"핥듯이 봐줬으면 좋겠어."

좋아, 그럼 마음껏 감상해 주마……!

아리사는 검은색, 아이나는 빨간색을 바탕으로 한 레이스 속옷이었다. 이것과 비슷한 속옷은 지금까지도 본 적이 있었다.

"……굉장하네."

굉장하다…… 솔직하게 말하면 속옷이라기보다는 그것이 감싸고 있는 가슴에 대한 감상이었다.

볼 때마다 압도적인 박력과 볼륨을 겸비한 두 사람의 풍만함은 시선을 빨아들이는 매력을 뿜어내고 있었다.

색기를 돋우는 디자인?

살짝 엿보이는 사랑스러운 꽃무늬?

그 모든 건 그저 두 사람의 매력과 그 크고 아름다운 가슴을 받쳐주는 조연일 뿐…… 그것이 내 감상이었다.

"그…… 완전 잘 어울려."

결국 평범한 말밖에 하지 못했지만, 그녀들에게는 그것만으로도 충분했던 모양이다.

피식 웃은 두 사람은 속옷 차림으로 나에게 다가왔다.

그리고 무슨 생각을 했는지 내 주위를 빙글빙글 돌기 시작했다…… 이건, 인간 회전목마인가요?

"뭐 하는 거야……?"

"하야토 군에게만 허락된 쇼라고 할까?"

"어때? 기분 좋지 않아?"

이런 일로 기분이 좋아질 정도로 단순하고 솔직하지 않다고, 나는.

"……나쁘지는 않네."

아니 미안, 역시 달려들 정도는 아니지만 눈이 행복하다.

"뭐랄까…… 이런 타입의 속옷은 누가 입어도 야하겠지만, 은근히 보이는 꽃무늬도 귀엽고…… 아니, 야하고."

"후훗, 그게 뭐야."

"엄마도 야하다고 했으니까 야한 건 맞지!"

아, 사키나 씨도 말했구나…….

그럼 이 속옷, 아니 두 사람이 야하다는 내 감상도 틀리지 않았다는 뜻이네!

다만, 쇼는 아직 끝나지 않은 모양이었다.

잠깐 눈을 감고 있으라는 말에, 의문을 느끼면서도 순순히 눈을 감고 됐다고 할 때까지 기다렸다.

"……?"

잠시 기다리는 동안 들려오는 소리는 뭔가를 벗고…… 다시 입는 소리?

"됐어."

"이제 떠도 돼~."

떠도 된다는 말에 눈을 떴다.

"……?!"

시야에 들어온 것은 당연하지만 두 사람의 모습이었다.

하지만 아까의 두 사람보다 더욱 과감한 모습이었다…… 그보다 엄청난 속옷인데요?!

"뭐, 뭐야, 그 속옷은……?!"

두 사람의 속옷은 위아래 모두 원단이 얇아 피부색이 다 비쳤다.

그것만으로도 충분히 자극적이었는데, 그 이상으로…… 아니, 거의 상식 수준을 벗어난 속옷 디자인에 나는 경악할 수밖에 없었다.

"왜…… 중요한 곳이 가려지지 않은 거야?!"

두 브래지어의 끝부분이 가려져 있지 않았다.

가슴을 감싸고 있다는 점에서는 제 역할을 하고 있다고 할 수 있지만, 가장 가려야 할 핵심 부분이 뻥 뚫려 있어서 그대로 보이고 있었다.

이게 흔히 말하는 섹시 란제리라는 건가?!

"일상적으로 입을 건 아니니까 안심해. 다만 이걸 입고 보여주면 하야토 군이 좋아하지 않을까 싶어서."

"일명 승부 속옷이라는 거지! 이걸 입고 하면 더 흥분되지 않을까?"

"……."

너희 진짜…….

그건 이제 승부 속옷을 넘어서 결전 속옷이잖아…… 애초에 결전 속옷은 뭐야.

"……이런 속옷은 소타가 갖고 있던 만화에서나 봤던 건데."

현실에서도 이런 속옷이 존재했구나…… 굉장하다.

도발적인 표정을 지은 채 유혹하듯 포즈까지 취해 온다…… 그런 짓을 당하니 내 쪽도 여러 의미로 힘들었다.

그래도 이 속옷은 여기까지만 입자고 생각한 것일까, 두 사람은 다시 옷을 갈아입기 시작했다.

그 와중에 테이블에 놓인 줄자에 눈길이 갔다.

"아, 그래…… 이걸로 쟀구나."

"맞아."

"응…… 아! 하야토 군도 재볼래?"

이미 측정도 끝났고 속옷 사이즈도 딱 맞으니 내가 잴 이유는 없었다.

하지만 빤히 보고 있었던 것이 문제였는지, 완전히 장난감을 발견한 표정으로 아이나가 줄자를 손에 들고 다가왔다.

"응? 해 보자♪"

"……그럼 해 볼까?"

어차피 더는 도망도 못 갈 것 같고…… 에라 모르겠다!

줄자를 손에 들고 아이나의 뒤로 돌아가 가슴의 끝부분에 맞춰 사이즈를 재……려고 한 순간, 달칵 소리와 함께 문이 열렸다.

"슬슬 들어가도 될──."

"아."

"아."

"아."

들어온 것은 사키나 씨였다.

상반신을 벗은 아리사와 아이나, 그리고 줄자를 손에 들고 아이나의 사이즈를 재고 있는 나.

사키나 씨는 눈을 잠시 깜빡이더니, 생긋 웃으셨다.

"혹시 방해했나?"

난감해하면서도 묘하게 즐거움이 담긴 그 미소에, 나는 그 자리에 주저앉아 웅크리고 말았다.

참고로 그 후 들은 바로는.

아리사는 97cm, 아이나는 99cm. 새삼 수치 면에서도 두 사람의 가슴은 크다는 것을 실감했다.

그리고 시간은 흘러 밤이 되었고, 오늘은 오랜만에 혼자 집에서 보내는 날이었다.

"……정말 너무 행복해서 무서울 정도야."

행복에 대한 것은 아리사나 아이나와도 자주 이야기하는 주제였다.

지금이 행복의 절정기인 건 틀림없지만, 이것을 꾸준히 지켜나가는 것이 무엇보다 중요하다고 생각한다.

"……안 그래도 두 사람을 좋아했는데, 하나가 된 뒤로는 더 좋아졌어…… 선을 넘는다는 건 이런 감각이구나."

더 좋아졌다.

더 지키고 싶어졌다.

더 소중해졌다.

평생 함께 있고 싶어졌다…… 나이가 들어 이별이 올 때까지 쭉.

아무한테도 주고 싶지 않았다.

계속 나만의 여자친구로 있었으면 좋겠다.

"……하핫, 난감하네…… 정말 너무 푹 빠졌어."

지금 두 사람은 뭘 하고 있을까?

그런 생각을 하며 시선을 돌린 곳은, 변함없는 표정을 짓고 있는 잭이었다.

"나 참, 넌 아무리 지나도 변하질 않는구나…… 음?"

머리를 쓰다듬다 보니 조금 더러워졌다는 것을 깨달았다.

정기적으로 먼지가 쌓이지 않게 닦아주고는 있지만, 이제 두 달 후면 만난 지도 1년이다. 닦기만 해서는 지워지지 않는 얼룩이 조금씩 눈에 띄기 시작했다.

"좀 닦아줄까~."

결정된 이상 망설일 이유는 없었다.

행주에 물을 살짝 적셔서 박박 문질렀다. 오염이 제법 심했지만, 한동안 그렇게 문지르니 금세 깨끗해졌다.

기분 탓인지, 내게 감사라도 표하는 것처럼 평소의 밉살스러운 표정이 좀 나아진 것 같기도…… 아닌가.

"이걸로 됐다…… 음?"

그때 마침 스마트폰에 착신음이 울렸다.

연락한 사람은 아리사였지만, 통화를 받으니 아이나의 목소리도 들렸다. 아무래도 같이 있는 모양이었다.

『하야토 군 지금 괜찮아?』

『저기, 나도 얘기하고 싶어~.』

『나중에 바꿔줄 테니까 기다려.』

『네~.』

하하…… 정말 사이 좋은 자매라니까.

이렇게 그녀들의 목소리를 들으면 조금 쓸쓸해지지만, 이 쓸쓸

한 감정마저 즐길 수 있는 것은 내가 그녀들의 남자친구이기 때문이겠지.

우리는 언제든지 만날 수 있다.

이 관계는 앞으로도 계속될 것이다── 우리가 서로를 원하는 한, 그것은 절대로 변하지 않는다.

"아리사, 아이나── 좋아해."

그렇기 때문에, 몇 번을 전해도 더 흘러넘치는 이 마음을 계속 전했다.

오늘도, 내일도, 모레도…… 계속, 계속, 이 마음을 나는 그녀들에게 계속 전할 것이다.

『나도 좋아해.』

『잠깐! 무슨 얘기 하는 거야~?!』

옆에서 들리는 아이나의 목소리에 미안함을 느끼면서도, 나는 아리사와 함께 웃음을 터뜨렸다.

비록 그녀들이 곁에 있지 않더라도, 나의 밤은 언제나 시끌벅적하게, 행복하게 흘러갈 것이다.

후기

용입니다.

이번에도 미인 자매 7권이 무사히 발매되었습니다.

1권이 나왔을 때부터 시리즈가 오래 가면 좋겠다고 생각했지만, 설마 여기까지 올 줄은 몰랐습니다. 7권까지 낼 수 있어서 정말 행복합니다.

1권부터 일러스트를 담당해 주신 기우니우 선생님.

미인자매를 계속 따라와주신 독자 여러분.

계속 같이 달려주고 계신 편집자님.

그런 많은 분의 응원 덕분에 미인 자매가 여기까지 올 수 있었다고 생각합니다.

매번 후기에 감사를 전하고 있지만, 여기서도 다시 한번 감사 인사를 전하겠습니다. 감사합니다!

그리고 또 감사드릴 일이 있습니다.

미인 자매가 7권까지 이어지는 길고 긴 여정이 된 덕분에 시리즈 누계가 30만 부를 돌파했습니다.

중쇄도 여러 번 진행돼서, 이렇게 행복해도 되나 싶을 정도입니다. 이게 정말 내가 쓴 작품이 맞나 싶은 순간도 많았지만, 미인 자매는 제가 쓴 이야기라고 가슴을 펴고 말할 수 있는 것은 모두 여러분 덕분입니다.

물론 누계 부수에는 코믹스도 포함되어 있습니다. 이쪽도 많은 분께 호평받아 정말 기쁩니다. 코믹스를 담당해 주신 시바 준코 선생님께도 감사하고 있습니다. 감사합니다! 늘 야한 그림을 그려주셔서 대만족하고 있습니다. 앞으로도 더 부탁드립니다……!

그리고……! 그리고, 그리고!

미인 자매 ASMR도 발매되었습니다.

후기에서 말하게 되긴 했지만, ASMR에 관해 조금 이야기하고 싶습니다.

우선 한마디로 말하면…… 최고입니다!

ASMR 덕분에 아리사와 아이나에게 목소리라는 생명이 깃들었습니다.

아리사를 연기해 주신 히나타 유카 씨.

아이나를 연기해 주신 아사미 유이 씨.

사랑스럽고 야하고 녹을 듯이 달콤한 목소리를 연기해 주셔서 정말 감사합니다!

마음에 드는 장면을 꼽으라면…… 다 좋지만, 그중에서도 귀청소와 함께 잠드는 장면이 특히 좋았습니다.

두 사람이 함께 있는 상황이 역시 제게는 최고입니다.

아리사와 아이나가 함께 있어야 비로소 미인 자매이고, 저 역시 사이에 끼이는 걸 좋아하기 때문에…… 정말 최고였습니다.

이어폰 좌우에서 자매의 목소리가 차례로 들려오는 감각……

한쪽은 아리사에 한쪽은 아이나! 그렇게 흥분하면서 들었습니다.

지금까지는 ASMR이라는 걸 들어본 적이 없습니다만, 이 등을 스치는 오싹한 쾌감에 중독될 것 같습니다.

게다가 그게 제 자신이 쓴 작품에 의해 태어난 ASMR이라니…… 그런 경험을 할 수 있었던 것도 저에게는 최고의 순간이었습니다.

부디 이 마음을 독자 여러분도 경험하셨으면 좋겠습니다. 미인자매 시리즈를 읽고 계시지만 아직 ASMR은 듣지 못하셨다면 꼭 들어보세요.

자, 길어졌지만 아직 끝나지 않았습니다!

미인자매 7권으로 하야토 일행의 관계도 상당히 진전되었습니다.

말로 하기가 어렵지만 연인으로서 하는 일…… 즉 섹스에 열을 올린다는 것도 좀 이상한 이야기입니다만, 마침내 하야토는 자매에게 완전히 함락당해 버렸습니다.

여기까지 오는데 정말 오래 걸렸습니다만, 그것은 하야토의 강철 멘탈 덕분이기도 합니다. 독자분들 중에서는 대체 언제 하는지 궁금했던 분들도 계셨을 텐데, 드디어…… 했습니다.

사귀면서 마음을 키워나가고, 관계를 맺고 서로를 좋아하는 마음도 더욱 강해졌지만, 아직 하야토 일행의 스토리는 끝나지 않았습니다.

그리고 무엇보다 제 자신이 야하고 달콤한 하야토와 자매의 알콩달콩한 이야기를 더 쓰고 싶습니다!

그래서 더욱 독자 여러분들께 응원받고 싶습니다!

새로운 독자를 얻고 싶습니다……!

그런 소망을 품으면서 제 자신이 쓰고 싶은 이야기를 앞으로도 계속 써 나가고 싶습니다.

앞으로도 부디 미인 자매와 함께해 주신다면 기쁘겠습니다!

그럼 8권에서 뵙겠습니다!

안녕히 계세요!

남자를 싫어하는 미인 자매를 이름도 알리지 않고 구해주면 어떻게 될까? 7

2026년 1월 15일 1판 1쇄 발행

저　　자 묭
일러스트 기우니우
옮 긴 이 이소정
발 행 인 유재옥
이　　사 조병권
편 집 부 정영길 박치우 조찬희 이소의 정지원 최유정 김혜주
디자인랩팀 김보라 전세연
디지털사업팀 김지연 윤희진 장혜원
라이츠사업팀 김정미 유아현
영업마케팅팀 김민
물 류 팀 백철기
경영지원팀 최정연
인쇄제작처 ㈜코리아피엔피
발 행 처 ㈜소미미디어
등　　록 제2015-000008호
주　　소 서울시 마포구 토정로222, 502호 (신수동, 한국출판콘텐츠센터)
판매 및 마케팅 (070) 8822-2301

ISBN 979-11-384-8832-7
ISBN 979-11-384-8306-3 (세트)